KB050258

# 결혼·여름

# 결혼·여름

김화영 옮김

Albert Camus

책세상

# 차례

## 결혼

## 여름



* 이 책은 《결혼·여름》(1987)의 개정판이다. 번역 대본으로 *Œuvres complètes*, Tome I (Gallimard, 2006)을 참조했다.

# 결혼

• 편집자의 말*

오늘 재판을 새로 찍어 펴내는 이 초기 에세이들은 1936년과 1937년 사이에 쓴 것으로 적은 부수의 한정판이 1938년 알제에서 출판된 바 있다. 필자는 늘 이 글들을 그 정확하고 제한된 의미의 에세이, 즉 습작이라고 여기고 있음에도 불구하고 이번 새로운 판에서는 아무런 수정도 하지 않고 원래 그대로 펴낸다.

* 《결혼·여름Noces suivi de L'Été》(1959, Gallimard) 당시 "편집자의 말."

사형집행인이 비단으로 엮은 밧줄로

카라파 추기경의 목을 매달자 밧줄이 툭 끊어졌다.

그래서 두 번이나 다시 매달아야 했다.

추기경은 자마 말 한 마디 입 밖에 내지 못한 채

사형집행인을 바라보았다.

—스탕달,《팔리아노 공작부인》*

* 스탕달의 사후에 발표된 짧은 이야기. 자신의 아내를 살해한 죄목으로 재판을 받은 16세기 공작 조반니 카라파의 이야기를 소재로 삼은 픽션. 사형수의 높은 신분을 고려하여 형 집행 시 비단 밧줄을 사용하였지만 오히려 그 밧줄이 약해 끊어지면서 더 오래, 더 천천히 대면하게 된 "죽음"을 강조한 카뮈 특유의 제사題辭.

# 티파자에서의 결혼

봄에 티파자에는 신들이 내려와 산다. 신들은 태양과 압생트 향기 속에서, 은빛으로 철갑을 두른 바다, 야생의 푸른 하늘, 꽃들로 뒤덮인 폐허, 돌무더기에 굵은 거품으로 부글부글 끓는 빛 속에서 말을 한다. 어떤 시간에는 들판이 햇빛 때문에 캄캄해진다. 두 눈으로 그 무엇이든 다른 것을 붙잡아보려고 애를 쓰지만 눈에 잡히는 것은 속눈썹 가에 매달려 떨리는 빛과 색깔들의 작은 입자들뿐이다. 향초들의 육감적인 냄새가 목을 긁고 엄청난 열기 속에서 숨이 컥컥 막힌다. 풍경 깊숙이, 마을 주변의 언덕들에 뿌리를 박은 슈누아산의 시커먼 덩치가 보이는가 싶더니 이윽고 확고하고 육중한 리듬으로 털고 일어나 바다로 가서 웅크려 엎드린다.

우리가 도착해 지나는 마을은 벌써부터 바다를 향해 가슴을 연다. 노랗고 푸른 세계로 들어서면 알제리 여름의 대지가 향기 자욱하게 톡 쏘는 숨결로 우리를 맞이한다. 도처에 장미향 부겐빌레아가 빌라들의 담을 넘는다. 뜰 안에는 아직 희미한 붉은 빛의 히비스커스 크림처럼 두툼한 차향茶香 장미와 테두리가 섬세한 길고 푸른 붓꽃들이 흐드러지게 피었다. 돌들은 모두 뜨겁게 달았다. 우리가 미나리아재비꽃빛 버스에서 내릴 즈음 푸줏간 주인들은 빨간 자동차를 타고 아침 행상을 도느라 요란한 나팔을 불어대며 마을 사람들을 부른다.

항구의 왼쪽으로는 돌계단이 유향나무와 금작화들 사이의 폐허로 인도한다. 길을 따라 조그만 등대 앞을 지나고 나면 이내 벌판의 한가운데로 빠져든다. 벌써부터 그 등대 발밑에서는 통통하게 살이 찐 덩치 큰 식물들이 보라, 노랑, 빨강 꽃들을 매단 채 첫 번째 바위들 쪽으로 달려 내려가고 바다는 요란한 입맞춤 소리를 내면서 바위들을 핥아댄다. 부드러운 바람 속에서, 한쪽 뺨만을 덥혀주는 햇빛을 받으며 서서 우리는 하늘에서 내려오는 빛과 주름살 하나 없는 바다를, 그리고 바다의 빛나는 치열齒列이 짓는 미소를 물끄러미 바라본다. 폐허의 왕국으로 아주 들어가기 전에 우리가 관객이 되는 것은 이것이 마지막이다.

몇 걸음을 옮기면 압생트가 목구멍을 할퀸다. 압생트의 회색빛 솜털이 폐허를 끝없이 뒤덮고 있다. 압생트의 향유香油가 열기 속에서 발효하면서, 하늘도 취하여 휘청거리게 할 알코올이 땅에서 태양까지 이 세상 온 누리에 솟아오른다. 우리는 사랑과 욕망을 만나러 걸어 나간다. 우리는 교훈도, 위대해지려면 필요한 쓰디쓴 철학도 찾으려 들지 않는다. 태양과 입맞춤과 야성의 향기들을 벗어나면 우리에겐 모든 것이 하찮아 보인다. 나는 굳이 이곳에 혼자 있으려고 애쓰지 않는다. 나는 흔히 내가 사랑하는 사람들과 함께 이곳을 찾았고 그들의 표정 속에서 사랑의 얼굴이 지어 보이는 밝은 미소를 읽곤 했다. 이곳에 오면 나는 질서와 절도는 다른 사람들에게 맡긴다. 나를 온통 사로잡는 것은 자연과 바다의 저 엄청난 방종이다. 폐허와 봄의 이 결혼 속에서 폐허는 다시금 돌이 되어, 인간의 손길이 가했던 저 반드러움을 잃어버리고 자연의 품으로 되돌아왔다. 집 떠났던 이 탕아들의 귀환을 위해 대자연은 꽃들을 아낌없이 피워놓았다. 고대 로마적 광장의 포석들 틈으로 헬리오트로프가 붉고 흰 머리통을 내밀고, 붉은 제라늄들은 옛적에 가옥, 사원, 공공 광장이었던 자리에 그들의 붉은 피를 쏟아놓는다. 많은 지식을 쌓은 끝에 신에게로 귀의하게 된 저 사람들처럼 기나긴 세월은 이 폐허를 어머니의 집으로 돌아오게 한다. 오늘 마침내 과거가 폐허를 떠나니, 폐허는 이제 오직 무너지는 만물의 중심으로 환원하는 저 심원한 힘에 순종할 뿐이다.

압생트들을 짓뭉개며, 폐허를 애무하며, 나의 숨결을 세계의 저 소용돌이치는 입김과 맞추려 애쓰며 보낸 시간이 얼마인가! 야생의 향기와 조는 것 같은 풀벌레들의 합창 속에 파묻힌 채 나는 열기 가득한 저 하늘의 감당하기 어려운 거대함을 향해 두 눈과 가슴을 활짝 연다. 본연의 자신으로 되돌아가는 것, 자신의 심오한 척도를 되찾는 것은 그리 쉬운 일이 아니다. 그러나 슈누아의 저 단단한 등줄기를 바라보고 있으면 내 마음은 어떤 기이한 확신으로 차분히 가라앉았다. 나는 숨쉬기를 배우고 정신을 가다듬어 나 자신을 완성해갔다. 내가 비탈진 언덕을 하나씩 기어오를 때마다 언덕은 나를 위해 새로운 보상을 마련해줬다. 저 사원에 오르면 원기둥들이 태양의 운행을 가늠해주고, 높은 곳에서는 마을 전체가 그 희고 발그레한 벽들과 초록빛 베란다들과 더불어 훤히 내려다보이니 말이다. 동쪽 언덕 위에 있는 저 교회당도 마찬가지다. 교회당은 아직 벽들이 그대로 남아 있고 그 주위에는 발굴된 석관石棺들이 커다란 원을 그리면서 줄지어 있는데 대부분 아주 약간만 밖으로 드러나 있을 뿐 여전히 땅속에 묻혀 있다. 옛날엔 그 석관들 속에 죽은 이들의 시신이 담겨 있었지만, 지금은 샐비어와 향 꽃무가 자욱이 돋아나 있다. 생트살자 바실리카 회당은 기독교 사원이지만 터진 공간을 통해 내다보면 정작 우리들에게 밀려드는 것은 소나무와 시프레나무가 서 있는 언덕들이나 약 20미터 거리에 하얀 강아지[1]들이 뒹굴고 있는 바다와 같은 이 세계의 멜로디뿐이다. 생트살자 바실리카 회당이 서 있는 언덕은 그 등성이가 평평해서 돌기둥들 사이로 바람이 더욱 드넓게 불어온다. 아침 햇빛을 받으며 어떤 거대한 행복감이 공간 속에 밀려와 가만히 정박한다.

구태여 신화가 있어야 하는 이들은 딱한 사람들이다. 여기서는 신들이 자리를 펴주거나 하루해의 흐름을 가리키는 눈금 구실을 한다. "여기에 붉은 것이, 푸른 것이, 녹색의 것이 있다. 이것은 바다, 산, 꽃들이다"라고 나는 묘사하고 말한다. 코밑에 유향나무 열매들을 으깨어 그 냄새를 맡으니 좋다고 말하면 될 것을 구태여 디오니소스를 들먹일 필요가 있을까? "땅 위에 살아 이 사물들을 본 이는 행복하여라." 나도 나중에 자연스럽게 이 해묵은 찬가를 마음속에 떠올리게 되겠지만 그것이 과연 데메테르 신에 대한 생각일까? 본다는 것, 이 땅 위에서 본다는 것, 이 교훈을 어찌 잊겠는가? 엘레우시스의 성제聖祭에서는 오직 바라보는 것으로 충분했다. 여기서조차도 나는 흡족할 만큼 이 세계에 가까이 가지 못할 것임을 알고 있다. 나는 이제 벌거벗은 몸이 되어, 대지의 정수들이 뿜어내는 향기에 아직도 흠씬 젖어 있는 몸을 바닷물 속에 던져 땅의 정수를 바다에 씻으며, 그토록 오래전부터 땅과 바다가 입술과 입술을 맞대고 열망하던 포옹을 나의 피부 위에서 맺어주어야 한다. 물속으로 들어가면 돌연한 전율, 차갑고 아뜩한 무슨 끈끈이 같은 것의 용솟음, 그리고 귀가 윙윙거리는 울림 속으로 빠

* 바닷가에 하얗게 밀려드는 파도의 메타포다.

져든다. 콧물이 흐르고 입 안엔 쓴맛—헤엄을 치면 물이 번질거리는 두 팔이 바닷물 밖으로 나와 햇빛에 금빛으로 번뜩이는가 하면 전신의 근육을 뒤틀며 다시 수면을 내려친다. 내 몸 위에 물이 재빨리 미끄러지며 두 다리가 물결을 격렬하게 소유하는 순간—문득 눈앞이 아뜩해진다. 물 밖으로 나와 모래 위로 나가떨어지면 세계에 떠맡겨진 몸, 살과 뼈의 무거움 속으로 되돌아온다. 햇빛에 어리둥절해진 채 이따금 내 두 팔에 눈길을 던지면 물이 미끄러지면서 드러나는 금빛의 솜털과 소금 가루.

여기서 나는 사람들이 영광이라고 하는 것이 무엇인지 깨닫는다. 그것은 바로 거리낌 없이 사랑할 권리다. 이 세상에 사랑은 오직 한 가지뿐. 여자의 몸을 껴안는 것은 곧 하늘에서 바다로 내려오는 저 신기한 기쁨의 빛을 자신의 몸으로 끌어당기는 포옹이다. 잠시 후 내가 압생트 위에 몸을 던져 몸속으로 그 향기가 흘러들게 할 때면 나는 모든 선입견과 맞서서 하나의 진실을 성취하고 있다는 것을 의식하게 될 것이다. 그것은 다름 아닌 태양의 진실이지만 동시에 나의 죽음이라는 진실이기도 할 것이다. 어떤 의미에서는, 내가 지금 도박하는 것은 분명 나의 삶이다. 뜨거운 돌의 맛이 나는 삶, 바다의 숨결, 이제 막 울기 시작하는 매미 소리로 가득한 삶. 미풍은 서늘하고 하늘은 푸르다. 나는 이 삶을 마음 놓고 사랑하며 이 삶에 대하여 자유롭게 말하고 싶다. 이 삶은 나의 인간 조건에 대한 긍지를 갖게 해준다. 하지만 사람들은 흔히 내게 말했다. "자랑스러워할 게 뭐가 있담." 아니, 분명 자랑스러워할 만한 것이 있다. 이 태양, 이 바다, 젊음이 용솟음치는 내 가슴, 소금 맛이 나는 나의 몸, 그리고 부드러움과 영광이 노란색과 푸른색 속에서 서로 만나는 장대한 무대장치. 바로 이것을 정복하기 위해 나의 힘과 능력을 모두 바쳐야 한다. 여기서는 그 무엇도 내 본연의 모습을 건드리지 않는다. 나는 나 자신의 그 어느 부분도 버리지 않는다. 나는 아무런 가면도 쓰지 않는다. 나는 그저 저들의 모든 처세술 못지않은, 어려운 삶의 기술을 참을성 있게 배우면 되는 것이다.

정오가 조금 못 되어 우리는 폐허를 지나 항만 가의 조그만 카페로 돌아오곤 했다. 심벌즈처럼 두드리는 햇빛과 온갖 색깔들로 머릿속이 요란스레 울릴 때 그늘이 짙게 깔린 홀과 커다란 한 잔의 얼음같이 찬 초록빛 박하차의 환영이란 얼마나 신선한 영접인가! 밖에는 바다, 그리고 불타는 듯 뜨거운 먼지 덮인 길. 테이블 앞에 앉아서 나는 깜박거리는 속눈썹 사이로 뜨겁게 백열하는 하늘의 갖가지 색깔로 아롱거리는 빛들을 붙잡아보려 애쓴다. 얼굴은 땀에 젖었어도 얇은 천의 옷을 입고 있어서 몸은 서늘한 우리는 이 세계와 결혼하는 어느 하루의 나른한 행복을 한껏 펼쳐놓는다.

이 카페에는 먹을 것이 신통치 않지만 과일들이 많다. 특히 턱에 과즙이 흐르도록 깨물어 먹는 복숭아가 많다. 복숭아의 과육에 이를 깊숙이 박고, 나는 내 몸속의 피가 두 귀에까지 쿵쿵 울리며 올라오는 소리에 귀를 기울인다. 두 눈을 크게 뜨고 바라본다. 바다 위에는 정오의 엄청난 침묵. 아름다운 존재들은 저마다 제 아름다움에 대한 타고난 긍지를 지니고 있다. 오늘 세계는 온 사방에서 저의 긍지가 새어나오도록 버려둔다. 이 세계 앞에서 내가 왜 삶의 기쁨을 부정하겠는가? 그렇다고 삶의 기쁨만이 능사라고 여기는 것도 아닌 바에야. 행복한 것은 부끄러운 것이 아니다. 그러나 오늘날은 바보들이 왕이다. 즐기는 것을 두려워하는 자를 나는 바보라고 부른다. 우리는 오만에 대해서 귀가 아프도록 들었다. "아시겠지만. 그건 사탄이 시키는 죄악이랍니다. 조심해야 해요. 자칫 탈선하게 되고 정력을 낭비하게 된답니다." 사람들은 이렇게 떠들어댔다. 그 후 과연 나도 배웠다. 어떤 종류의 오만은…. 그러나 또 다른 때에는 이 세계가 한마음으로 내게 주려고 드는 삶의 긍지를 강력하게 주장하지 않을 수가 없다. 티파자에서 '나는 본다'는 것은 '나는 믿는다'는 것과 마찬가지다. 그러므로 나는 내 손이 만질 수 있고 내 입술이 애무할 수 있는 것을 부정하려고 고집하지 않는다. 나는 그것으로 무슨 예술 작품을 만들어보고 싶은 욕심은 없고 다만 그것에 대해 그냥 이야기해보고 싶을 뿐이다. 그 두 가지는 서로 다른 것이다. 나에게 티파자는 이 세계에 대한 어떤 관점을 간접적으로 암시하기 위해 사람들이 그려 내놓는 극 중 인물들 같아 보인다. 그 인물들처럼 티파자는 증언한다. 그것도 씩씩하게. 티파자는 오늘 나의 인물이다. 그 인물을 쓰다듬고 묘사하노라면 나의 도취감은 끝이 없을 것 같다. 사는 시간이 따로 있고 삶을 증언하는 시간이 따로 있다. 그리고 좀 덜 자연스럽긴 하지만 창조하는 시간도 따로 있다. 그건 나로서는 오직 내 몸 전체로 살고 내 마음 전체로 증언하면 그것으로 충분하다. 티파자를 살고 그것을 증언할 일이다. 그리고 예술 작품은 그 뒤에 올 것이다. 거기에 바로 자유가 있는 것이다.

내가 한나절 이상 티파자에 머무는 일은 절대로 없었다. 어떤 것을 흡족하게 보기 위해서는 오랜 시간이 필요하듯 언제나 어떤 풍경을 너무 보아서 그만 물려버리는 때가 오게 마련이다. 어떤 얼굴들을 그냥 보지 않고 너무 뚫어지게 들여다본 끝에 마침내 그 무미건조함이나 찬란함을 발견하게 되듯이, 산, 하늘, 바다도 마찬가지다. 그래서 얼굴은 저마다 웅변적으로 되기 위해서는 어떤 새로운 변모를 겪을 필요가 있다. 단지 한동안 잊어버리고 있었기 때문에 다시 보면 세계가 새롭게 보이는 것을 신통하게 여겨야 할 터인데 사람들은 너무 빨리 싫증이 난다고 불평한다.

저녁 무렵이면 나는 국도변에 더욱더 가지런하게 다듬어 놓은 공원 한쪽으로 되돌아 나오곤 했다. 온갖 향내들과 태양의 소용돌이에서 빠져나와 이제는 저녁 기운으로 서늘해진 대기 속에서 정신은 차분히 가라앉고 긴장이 풀린 몸은 만족된 사랑에서 오는 내면의 침묵을 음미하고 있었다. 나는 어느 벤치에 앉았다. 해가 저물어감에 따라 점점 둥글어지는 들판을 고즈넉이 바라보고 있었다. 나는 흡족했다. 내 머리 위로 한 그루의 석류나무가 봄의 모든 희망을 꼭 움켜쥔 주먹들처럼 꼭 오므린 줄무늬 꽃봉오리들을 늘어뜨리고 있었다. 내 뒤에는 로즈메리가 있는지 나는 오직 그것들의 알코올 향기만을 느낄 수 있었다. 야산들이 사진틀에 낀 것처럼 나무들 사이로 보였고 더 멀리는 바다의 가장자리 선, 그 위로 하늘이 마치 고장 난 돛배처럼 그 모든 정다움을 드리워 놓고 있었다. 내 마음속에는 기이한 기쁨이, 고요한 의식에서 생기는 바로 그 기이한 기쁨이 일었다. 배우들이 자기 역을 잘 해냈다고 의식할 때 맛보는 감정이 있다. 더 정확하게 말해서 자기의 몸짓과 자기가 분한 이상적인 인물의 몸짓을 일치시켰다고 의식할 때, 이를테면 사전에 그려놓은 그림으로 들어가서 자신의 심장으로 그 그림에 생명을 불어넣고 살아 움직이게 했다고 의식할 때 배우들이 느끼는 감정 말이다. 그때 내가 느꼈던 것은 바로 그 감정, 나는 내 역을 잘 해냈다는 그 느낌이었다. 나는 인간으로서의 일을 완수했다. 내가 종일토록 기쁨을 맛보았다는 사실이 유별난 성취로 여겨지지는 않았지만, 그것은 어떤 상황에서 우리들로 하여금 행복을 하나의 의무로 삼도록 만드는 어떤 조건의 감격스러운 완수라고 여겨졌다. 그때 우리는 어떤 고독을 되찾게 된다. 그러나 이번은 만족감 속에서 맛보는 고독이다.

이제 나무들에는 새들이 깃들였다. 대지는 어둠 속으로 잠겨들기 전에 천천히 숨을 내쉰다. 잠시 후 첫 별이 뜨면 밤의 장막이 이 세계의 무대 위로 내릴 것이다. 대낮의 찬란한 제신諸神은 일상의 죽음으로 돌아가리라. 그러나 또 다른 신들이 찾아올 것이다. 더 많은 어둠을 위해 그들의 황폐한 얼굴들이 그사이에 대지의 심장에서 태어날 것이다.

적어도 지금 당장은 모래 위에 끊임없이 와서 부서지는 파도가 황금빛 꽃가루 님실대는 저 공간을 거쳐 내게로 밀려오고 있었다. 바다, 들판, 침묵, 이 대지의 온갖 향기들, 이 모든 향기로운 생명이 내 몸에 차오르니, 나는 벌써 금빛으로 익은 이 세계의 과일을 깨물며, 그 달고도 강렬한 과즙이 내 입술을 따라 흘러내리는 느낌에 격한 감동을 맛보았다. 아니, 중요한 것은 나 자신도 이 세계도 아니고, 다만 세계로부터 나에게로 사랑이 태어나게 하는 일치와 침묵이었다. 나는 사랑을 나 혼자서만 누리겠다고 요구할 만큼 약하지는 않았다. 나는 태양과 바다로부터 태어나서 그의 단순함 속에서 위대함을 길어내는 저 활력에 차고 멋을 아는 한 종족, 바닷가 모래밭에 우뚝 서서 하늘의 눈부신 미소에 공모의 미소를 던지는 그 종족 전체와 사랑을 나누겠다는 의식과 자부심이 지니고 있으므로.

# 제밀라의 바람

세상에는 정신 그 자체의 부정인 진리가 태어나도록 하기 위해 정신이 소멸하는 장소들이 있다. 내가 제밀라에 갔을 때 그곳에는 바람*과 태양이 있었다. 그러나 그건 또 다른 얘기다. 우선 말해두어야 할 것은, 그곳에는 무겁고 빈틈없는 엄청난 침묵이, 저울의 균형과도 같은 그 무엇이 지배하고 있었다는 점이다. 새들이 우짖는 소리, 구멍이 세 개 뚫린 피리의 고즈넉한 소리, 염소들이 바스락거리며 발을 옮겨놓는 소리, 하늘에서 울려오는 어렴풋한 웅얼거림, 그 하나하나가 다 그 장소의 침묵과 황폐함을 만들어내는 소리였다. 이따금씩 무언가 메마르게 탁 부딪는 소리, 날카로운 비명이 솟는데 그것은 바로 돌

* "바람, 이 세계에서 아주 드물게 깨끗한 것들 중 하나." (《작가수첩 1》)

들 사이에 가만히 엎드려 있던 어떤 새 한 마리가 문득 날아오르는 기적이었다. 밟아가는 길 하나하나, 허물어진 집터의 잔해들 가운데로 난 오솔길들, 번들거리는 돌기둥 밑으로 포석이 깔린 대로大路, 언덕배기 위 개선문과 사원 사이의 널찍한 고대 광장, 이 모든 것이 사방으로 제밀라를 경계 짓는 협곡들로 인도한다. 이리하여 제밀라는 무한의 하늘을 향해 숨김없이 펼쳐 보이는 카드놀이 패나 다름없다. 어느덧 하루해가 저물고 산들이 보라색으로 변하면서 우람한 덩치를 드러냄에 따라 우리는 그곳에서 정신을 한곳에 모은 채 돌들과 침묵과 대면한다. 그러나 제밀라의 언덕에는 바람이 분다. 바람과 햇빛이 한데 엉겨 폐허에 빛을 뒤섞는 그 엄청난 혼잡 속에서 무엇인가가 만들어지면서 그것이 인간에게 죽은 도시의 고독과 침묵으로 인간의 정체성을 가늠할 척도를 부여한다.

제밀라에 가려면 오랜 시간이 걸린다. 그곳은 그저 잠시 멈췄다가 거쳐 지나가는 도시가 아니다. 다른 어느 곳으로도 인도하지 않으며 그 어느 고장을 향해 열려 있지도 않다. 그곳은 다만 갔다가 되돌아오는 곳이다. 그 죽은 도시는 길고 꼬불꼬불한 어떤 길의 끝에 있다. 모퉁이를 돌 때마다 도시가 곧 나타날 것만 같기에 그 길은 더욱 멀어 보인다. 마침내 드높은 산들 사이에 푹 파묻힌 빛바랜 어느 언덕배기에 마치 백골들의 숲과도 같은 누르스름한 그 도시의 잔해가 불쑥 모습을 드러낼 때, 그 순간 제밀라는 우리를 세계의 고동치는 심장부로 인도해줄 수 있는 저 사랑과 인내라는 유일한 교훈의 상징이 된다. 거기 몇 그루 나무들과 마른 풀잎 가운데서 제밀라는 천박한 찬미와 볼만한 구경거리에 대한 호기심 혹은 희망의 유희와 맞서서 그 모든 산과 그곳의 모든 돌로 스스로를 지켜내고 있다.

그 삭막한 찬란함 속에서 우리는 종일 헤매고 다녔다. 오후가 시작될 때는 거의 느껴질까 말까 하던 바람이 시간이 흐름에 따라 점차 거세어지면서 풍경 전체를 가득 채우는 것 같았다. 바람은 멀리 동쪽의 산들 사이로 뚫린 협곡에서 일어나 지평선 저 안쪽에서 달려와서는 돌들과 햇빛 사이에서 폭포처럼 쏟아졌다가 튀어 올랐다. 쉴 사이도 없이 바람은 폐허 전체에 걸쳐 세차게 불고 돌과 흙으로 이루어진 원형 경기장 안을 핑핑 도는가 하면 비바람에 얽은 벽돌 더미들을 뒤덮고 돌기둥 하나하나를 그 숨결로 안고 돌다가 하늘을 향해 활짝 열린 광장에 이르자 끊임없는 비명을 내지르면서 널리 흩어지는 것이었다. 나는 한 폭의 돛처럼 바람에 펄럭이는 느낌이었다. 한가운데가 푹 파인 채, 두 눈은 불에 덴 것 같고 입술은 덜덜 떨리며 살가죽은 바싹 말라 내 것 같지 않게 느껴질 지경이었다. 전에는 바로 이 살가죽으로 세계가 거기에 쓰는 글자들을 판독했더랬다. 세계는 저의 여름 숨결로 살가죽을 따뜻하게 덥혀주거나 서리의 모진 이빨로 깨물면서 거기에다가 저의 애정이나 분노의 기호를 써놓았다. 그러나 그토록 오랫동안 바람에 시달리고 한 시간이 넘도록 흔들리며 쓰러지지 않으려고 버틴 끝에 정신이 얼떨떨해진 나머지 나는 그만 내 몸이 그리는 그림을 의식하지 못했다. 바다의 조수에 씻겨 반드러워진 조약돌처럼 나는 영혼 속속들이 바람에 닳아 윤이 나도록 반드러워졌다. 나를 허공에 떠서 흔들리게 만드는 그 힘에, 처음에는 약간, 나중에는 더 많이, 소속되었다가, 마침내 내 피가 펄떡이는 소리와 세상 도처에 존재하는 자연의 심장의 엄청나고 요란한 고동 소리를 혼동하면서 나는 바로 그 힘 자체가 되는 것이었다. 바람은 나를 에워싸고 있는 이 타오르는 벌거벗음*의 이미지를 본떠 나를 다듬어가고 있었다. 덧없이 지나가는 바람의 포옹은 숱한 돌들 중의 한낱 돌이 된 나에게 여름 하늘 속에 서 있는 하나의 돌기둥이나 한 그루 올리브나무의 고독을 안겨줬다.

이 격렬한 햇빛과 바람의 목욕은 나의 모든 생명력을 완전히 바닥냈다. 내 속에 간신히 남은 것은 이 스치는 날개 치는 소리, 신음을 내는 생명, 정신의 이 가냘픈 반항뿐. 이내 세상의 사방 구석구석으로 흩어지고 기억도 흐려지고 나 자신도

* Ardente nudité('타오르는 벌거벗음')은 하느님이 모세에게 모습을 나타낸, 불타도 없어지지 않는 "타오르는 덤불숲Buisson ardent"에, 비기독교적 차원에서, 빗댄 암시적 표현이 아닐까? 물론 여기서 '벌거벗음'은 바람에 닳고 닳은 조약돌처럼 본질 그 자체로 돌아간 모습을 의미한다.

망각한 채 나는 이 바람이다, 나는 바람 속에서 이 돌기둥이며 이 아치며 만지면 따뜻한 이 포석이며 황량한 도시 주위의 이 빛바랜 산이다. 나는 지금까지 한 번도 내가 나 자신에게서 거리를 둔 초연함과 동시에 세계 속의 내 현존을 이토록 절실히 느껴본 적이 없다.

그렇다. 나는 현존한다. 그런데 지금 이 순간 놀라운 것은 내가 여기서 한 걸음 더 나아갈 수가 없다는 점이다. 마치 종신형을 받아 갇힌 사람처럼. 이리하여 그에게는 모든 것이 현재다.* 그러나 동시에 내일 역시 다른 모든 날들과 마찬가지일 것임을 아는 사람 같기도 하다. 왜냐하면 한 인간에게 있어서 자신의 현재를 의식한다는 것은 곧 더 이상 아무것도 기대하지 않는 것이기 때문이다. 만약 영혼의 상태를 나타내는 풍경이 있다면** 그것은 가장 천박한 풍경이다. 그리하여 나는 이 고장 전체에 걸쳐서, 나의 것이 아니라 이 고장의 것인 그 무엇, 우리에게 공통된 죽음의 맛과도 같은 그 무엇을 뒤따라가고 있었다. 이제는 벌써 기울어진 그림자를 던지고 있는 돌기둥들 사이로 불안감이 마치 상처받은 새들처럼 대기 속에 서

* "오직 현재를 경험한 사람만이 진정으로 지옥이 무엇인지를 안다. (야코프 바서만)" (《작가수첩 1》)

** ""어떤 풍경은 영혼의 상태다"라고 아미엘이 《일기》에서 말했다." (《젊은 시절의 글》)

려 있었다. 그리고 그 불안의 자리에 들어앉는 이 건조한 명철함. 불안감은 살아 있는 사람들의 가슴에서 생겨난다. 그러나 고요함이 그 살아 있는 가슴을 덮어줄 것이다. 이것이 내 통찰의 전부다. 하룻날이 저물어가고 하늘에서 내려오는 잿가루에 덮여서 소리와 빛이 숨을 죽여감에 따라, 나 스스로에게 버림받은 나는 내 속에서 '아니다'라고 말하는 완만한 힘들에 무방비 상태임을 느꼈다.

포기와는 전혀 관계 없는 거부가 존재할 수 있다는 것을 이해하는 사람은 별로 없다. 여기서 미래라든가 더 잘 되고 싶다든가 출세라든가 하는 말들이 무슨 의미가 있는가? 마음의 발전이라는 것이 무슨 의미가 있는가? 내가 이 세상의 모든 '훗날에'를 고집스럽게 거부하는 것은 내 눈앞에 있는 현재의 풍요를 포기하지 않겠다는 것이기도 하다. 죽음 다음에는 또 다른 삶이 열린다고 믿는 것이 내게는 즐겁지 않다. 내게 죽음이란 닫혀버린 문이다. 죽음이란 그저 내디뎌야 할 한 발짝 아니라 끔찍하고 추악한 모험이라고 말하고 싶다. 남들이 내게 해주겠다는 것은 모두 인간에게서 그 자신의 생명의 무게를 덜어주려고 애쓴다. 그런데 제밀라의 하늘에 무겁게 나는 커다란 새들을 바라보며 내가 요구하고 내가 얻어내는 것은 바로 다름 아닌 어떤 생명의 무게인 것이다. 이 수동적인 정열[6] 속에 온전히 자신으로 남아 있는 것. 그 밖의 나머지는 이제 더 이상 나와 상관이 없다. 죽음을 이야기하기에는 내 속에 너무나 많은 젊음이 있다. 그러나 꼭 죽음 이야기를 해야 한다면, 저 끔찍한 공포와 침묵 사이에서 어떤 희망 없는 죽음을 의식하는 확신을 말해줄 정확한 단어를 발견할 곳은 바로 여기일 것 같다.

사람은 몇 가지 익숙한 생각들을 가지고 살아간다. 두세 가지의 생각들을 가지고. 세상 돌아가는 대로 이 사람 저 사람을 만나면서 그 생각들을 반드럽게 연마하고 변모시킨다. 자기만의 한 가지 생각을 가지고 그것에 대해 말할 수 있으려면 10년이 걸린다. 사실 이건 좀 실망스러운 일이다. 그러나 인간은 거기서 세계의 아름다운 얼굴과 어떤 식으로 친밀해지는 이점을 얻는다. 지금까지 그는 세계를 정면으로 바라봤다. 그러니 이제는 한 걸음 옆으로 물러서서 그 얼굴의 프로필을 바라봐야 한다. 젊은 사람은 세계를 정면에다 놓고 바라본다. 그는 비록 죽음이나 무無의 끔찍한 맛을 씹어본 적이 있기는 하지만, 죽음과 무에 대한 생각을 반드럽게 다듬을 시간이 없었다. 젊음이란 것은 바로 그런 것, 죽음과의 저 모진 정 대면, 태양을 사랑하는 동물의 저 육체적인 공포, 바로 그것일는지도 모른다. 적어도 이런 면에서 본다면, 흔히 하는 말과는 반대로, 젊은이는 환상을 갖지 않는다. 젊은이는 환상을 만들어 가질 시간도 신

* 《작가수첩 1》(98쪽), 키르케고르 인용

앙도 없다. 무슨 까닭인지는 알 수 없으나, 이 움푹 팬 골짜기의 풍경 앞에서, 음산하면서도 엄숙한 이 돌의 비명 앞에서, 넘어가는 햇빛 속의 비인간적인 제밀라 앞에서, 희망과 색깔들의 죽음 앞에서, 내가 확신할 수 있는 것은 한 일생의 종말에 이르러 인간이라는 이름에 값하는 인간들은 모름지기 그 정대면의 상태로 돌아가서 그때까지 자기의 것이었던 몇 가지 생각들을 부정하고, 자신의 운명과 마주한 고대인들의 눈빛 속에서 빛나고 있는 저 무구無垢와 진실을 되찾아야 한다는 것이었다. 그들은 그들의 젊음을 회복한다. 그러나 그것은 죽음을 껴안음으로써 되찾는 젊음이다. 이 점에서 볼 때 질병보다 더 비참한 것은 없다. 그것은 죽음을 치료하는 약이다. 질병은 죽음에 대비시켜준다. 질병은 죽음에 대한 실습인데 그 첫 단계는 자기 자신에 대한 마음 약한 연민이다. 질병은 완전히 죽는다는 확신에서 도망가려고 있는 힘을 다하는 인간에게 힘을 실어준다. 그러나 제밀라는…. 그리하여 그때 나는 문명의 참다운 단 한 가지 진보, 한 인간이 이따금씩 열중하는 그 진보는 바로 의식적인 죽음을 창조하는 것임을 분명히 느낀다.

내가 항상 놀랍게 여기는 것은, 다른 주제들에 대해서는 그토록 신속히 세련된 의견을 내놓는 우리가 죽음에 대해 가지고 있는 생각은 매우 빈약하다는 점이다. 죽음은 그저 좋은 것이거나 나쁜 것이고, 나는 죽음을 두려워하거나 아니면 어서 죽었으면 한다(말은 그렇게 한다)는 정도다. 그러나 이것은 곧 무엇이건 단순한 것은 우리의 이해 능력을 초월한다는 증거다. 청색이란 무엇일까? 청색을 어떻게 생각할 것인가? 죽음에 대해서도 대답은 마찬가지로 어렵다. 죽음과 색깔들에 대해서 우리는 토론할 줄을 모른다. 그렇지만 여기 내 앞에 흙처럼 무거워진 채, 내 미래를 예고하는 이 사람은 분명 중요하다. 그러나 과연 나는 그에 대해 참으로 생각할 수 있는가? 나는 혼자 생각한다. 나도 반드시 죽는다고. 그러나 그것은 아무런 의미도 없다. 왜냐하면 나는 그것을 믿을 수가 없고, 내가 경험할 수 있는 것은 다만 타자들의 죽음뿐이기 때문이다. 나는 사람들이 죽는 것을 보았다. 나는 특히 개들이 죽는 것을 보았다. 내가 경악한 것은 그 개들을 손으로 만져보았을 때였다. 그때 나는 꽃, 미소, 여자에 대한 욕망을 생각한다. 그러면 죽음에 대한 나의 모든 공포는 삶에 대한 나의 질투에서 온다는 것을 깨닫는다. 나는 내가 죽은 뒤에도 여전히 살아 있을 사람들, 꽃과 여자에 대한 욕망을 온전히 살과 피로 된 의미로 실감할 사람들에게 질투를 느끼는 것이다. 삶을 너무나도 사랑하기 때문에 이기주의자가 될 수밖에 없는 나는 부러움을 느낀다. 영원이 무슨 의미가 있겠는가. 어느 날 나는 여기 누운 채 이런 말을 듣게 될 수도 있다. "당신은 강한 사람이니 솔직하게 말하겠소. 당신은 이제 곧 죽게 됩니다." 자신의 모든 생명을 손안에 움켜쥔 채, 자신의 모든 공포를 오장에 담은 채, 바보같이 멍청한 눈으로 여기 누워 있는데. 그 밖의 것이 무슨 의미가 있겠는가. 고동치는 피의 물결이 내 관자놀이를 두드린다. 내 주위의 모든 것을 짓이겨버릴 것만 같은 느낌이다.

그러나 인간은 자신의 의사에 반하여, 그들의 겉치레에도 불구하고 죽는다. 남들은 이렇게 말한다. "네 병이 다 낫거든…." 그런데 죽는다. 나는 그런 것을 원치 않는다. 자연이 거짓말을 하는 날이 있는가 하면 참말을 하는 날도 있다. 오늘 저녁 제밀라는 참말을 한다. 얼마나 큰 슬픔과 끈질긴 아름다움으로 참말을 하는가! 세계 앞에서 나는 거짓말하고 싶지 않고 남이 내게 거짓말해주기를 원치 않는다. 나는 끝까지 내 명철한 의식을 유지하고 나의 모든 아낌없는 질투와 공포 속에서 나의 종말을 응시하고 싶다. 내가 세계에서 분리되면 될수록, 영원히 지속되는 하늘을 응시하는 것이 아니라 살아있는 사람들의 운명에 집착하면 할수록, 나는 죽음이 두렵다. 의식적인 죽음들을 창조한다는 것, 그것은 곧 나를 세계로부터 떼어놓는 거리를 좁히는 것이며 영원히 잃어버린 한 세계의 열광적인 이미지들을 의식하면서 기쁨도 없이 완성으로 들어가는 것이다. 이리하여 제밀라 언덕들의 쓸쓸한 노래는 그 교훈의 쓰디쓴 맛을 내 영혼의 더욱 깊숙한 곳으로 밀어 넣는다.

저녁 무렵 우리는 마을로 이어지는 비탈길을 올라갔다. 왔던 길을 되돌아오면서 우리는 설명하는 말에 귀를 기울였다. "여기는 이교도의 도시입니다. 대지 위로 돋아나는 저 동네는 기독교도들의 동네고요. 훗날….” 그렇다. 그 말이 맞다. 여러 사람과 여러 인간 사회가 여기서 일어났다 스러졌다. 정복자들은 이 고장에 그들의 하사관下士官 짜리 문명의 자취를 찍어놓았다. 그들은 위대함에 대한 저급하고 우스꽝스러운 관념을 품고 있었고 정복한 땅의 면적으로 제국의 위대함을 측정했다. 신기한 것은, 그들 문명의 폐허가 곧 그들이 품었던 이상理想의 부정 그 자체라는 사실이다. 저물어가는 저녁, 개선문 주위로 비둘기들이 하얗게 날고 있을 때, 이토록 높은 곳에서 내려다본 이 해골만 남은 도시가 하늘에다가 그 정복과 야망의 표시를 새겨놓고 있는 것은 아니니 말이다. 세계는 언제나 역사를 이기고 마는 법이다. 제밀라가 산들과 하늘과 침묵 사이로 던지는 저 거대한 돌의 비명. 나는 그것이 지닌 시詩가 어떤 것인지 잘 안다. 그것은 명철한 의식, 무심無心, 즉 절망 혹은 아름다움의 진정한 표시. 벌써 우리가 남겨두고 떠나는 저 위대함 앞에서 가슴이 죄어든다. 제밀라는 저 고인 물처럼 쓸쓸한 하늘, 고원의 반대편에서 들려오는 새소리, 언덕들의 측면에서 염소 떼가 스쳐 지나가며 내는 갑작스럽고 짧은 소리, 그리고 느긋하게 풀려 소리가 잘 울리는 황혼 속에 잠긴 채 어떤 제단의 정면 합각에 새겨진 뿔 달린 신의 살아 있는 얼굴과 함께 우리들의 등 뒤에 머물러 있다.

# 알제의 여름

자크 외르공*에게

우리가 한 도시와 주고받는 사랑은 흔히 은밀한 사랑들이다. 파리, 프라하, 심지어 피렌체 같은 도시들은 속을 감춘 채 웅크리고 돌아앉아서 그들만의 세계를 금그어 표시한다. 그러나 알제는, 그리고 그 도시와 더불어 바닷가에 자리 잡은 도시들처럼 몇몇 특혜 받은 지역들은, 입처럼 혹은 상처처럼 하늘을 향해 벌어져 있다. 우리가 알제에서 좋아할 수 있는 대상은

* Jacques Heurgon(1903~1995). 파리 고등사범학교 출신. 티파자에 대한 연구를 완료할 무렵인 1931년 알제대학의 라틴어문학교수로 부임했다. 카뮈는 그의 강의를 통해 처음으로 칼리굴라 황제라는 인물을 발견했다. 또한 당시 파리 〈누벨 르 뷔 프랑세즈NRF〉지의 주축인 문인들과 교유하는 그를 통하여 지드를 소개받아 작가의 단편 〈탕아 돌아오다〉의 각색을 허락받았다. 카뮈는 그를 잡지 〈리바주Rivages〉의 편집위원의 한 사람으로 영입하고 〈알제의 여름〉을 그에게 헌정하는 한편 첫 소설 《행복한 죽음》의 원고 검토를 부탁했다.

길모퉁이를 돌 때마다 눈에 들어오는 바다, 어떤 햇빛의 무게, 인종人種의 아름다움 같은, 거기서 누구나 다 살면서 일용하는 것들이다. 그리고 늘 그렇듯이, 그 숨김없이 내보이는 풍성한 선물 속에는 더욱 은밀한 향기가 담겨 있다. 파리에서는 넓은 공간과 날아가는 새들의 날개 치는 소리가 그리워진다. 여기서는 적어도 인간이 흡족함을 맛볼 수 있고 자기의 욕망을 확실하게 만족시킬 수 있으니 그는 자기가 얼마나 부자인지 헤아릴 수 있다.

아마도 알제에 오랫동안 살아보아야 자연이 주는 부富가 지나친 것일 때 그것이 얼마나 영혼을 메마르게 하는가를 이해할 수 있을 것이다. 무언가를 배우고 단련하고 보다 나은 사람이 되고자 하는 사람이 이곳에서 얻을 것이라고는 아무것도 없다. 이 고장에는 교훈이 없다. 이 고장은 아무것도 약속하지 않는다. 슬며시 엿볼 만한 것도 없다. 이 고장은 주는 것, 그것도 아낌없이 주는 것으로 만족한다. 이 고장은 남의 눈에 통째로 다 보이도록 내맡긴다. 그 주어진 것을 보고 즐기는 순간부터 그렇다는 것을 알게 된다. 이곳이 주는 쾌락들에는 치료약이 없다. 그래서 그 즐거움에는 미래에 대한 희망이 없다. 이곳이 요구하는 것은 또렷이 볼 줄 아는 영혼, 즉 위안받으려 들지 않는 영혼이다. 이곳은 우리가 신념에 따라 행동하듯 명철한 의식에 따라 행동할 것을 요구한다. 자기가 먹여 키우는 인간에게 찬란함과 남루함을 동시에 제공하는 이곳은 얼마나 기이한 고장인가! 이곳에 사는 민감한 인간이라면 누구나 누리는 관능적인 부가 극도의 헐벗음과 일치한다는 사실은 놀라울 것이 없다. 진실치고 그 속에 그 나름의 쓰디쓴 맛을 담고 있지 않은 진실은 없는 법이다. 그러니 내가 가장 가난한 사람들 속에 있을 때만큼 이 고장의 얼굴을 사랑하게 되는 때는 없다고 한들 무엇이 놀랍겠는가?

여기서 사람들은 젊은 시절 내내 그들의 아름다움에 걸맞은 삶을 산다. 그다음에는 내리막길이요 망각이다. 그들은 내기에 육체를 걸었다. 그러나 그들은 결국 잃게 되어 있다는 것을 알고 있었다. 알제에서 젊고 활기 넘치는 사람에게는 모든 것이 승리를 위한 핑계요 구실이다. 내포內浦, 태양, 바다를 향하여 뻗어가면서 붉은색과 흰색이 놀이를 하고 있는 듯한 테라스들, 꽃, 경기장, 싱싱한 다리를 가진 아가씨들, 그 모든 것이 그렇다. 그러나 일단 젊음을 잃은 사람에게는 어디에도 매달릴 곳이 없으며 우수憂愁에서 헤어날 수 있는 장소가 없다. 다른 고장, 이탈리아의 테라스들, 유럽의 수도원들, 혹은 프로방스 언덕들의 선명한 윤곽들은 하나같이 자신의 인간적 숙명에서 도피할 수도 있고 자기 자신으로부터 슬며시 헤어날 수도 있는 곳들이다. 그러나 여기서는 모든 것이 젊은 사람들의 고독과 끓는 피를 요구한다. 괴테는 죽어가면서 빛을 달라는 역사적인 말을 남겼다. 벨쿠르에서는, 그리고 바벨우에드*에서는 노인들이, 카페의 깊숙한 구석에 앉아서 머리에 포마드를 발라 짝 붙인 젊은이들이 허풍을 떨어대는 소리에 귀를 기울인다.

알제에서 이 시작과 종말을 우리에게 보여주는 것은 다름 아닌 여름이다. 그 여러 달 동안 시내의 거리는 인적이 없이 휑하다. 그러나 가난한 사람들과 하늘은 거기에 남아있다. 우리는 그 가난한 사람들과 더불어 항구 쪽으로, 그리고 미지근한 바닷물, 여인들의 갈색 육체 같은 인간의 보물들을 향해 내려간다. 저녁이 되면 이 풍요를 만끽한 그들은 방수 식탁보와 석유등이 고작인 일상의 무대장치 속으로 돌아온다.

알제에서는 '수영한다'고 말하지 않고 '수영을 때린다'고 말한다. 그걸 너무 강조하지는 않기로 하자. 그저 항구에서 수영하고 부표 위로 기어 올라가서 쉰다. 부표 곁으로 헤엄치며 지나가다가 벌써 그 위에 올라가 있는 예쁜 아가씨라도 눈에 띌라치면 친구들에게 소리친다. "갈매기라니까." 그건 건강한 즐거움이다.** 이런 즐거움들은 분명 이 젊은이들이 누릴 수 있는 최선이라고 봐야 한다. 왜냐하면 대부분의 젊은이들이 겨울철

* 카뮈가 어린 시절에 살았던 빈민가 벨쿠르Belcourt는 알제 동쪽, 카스바 지역의 바벨우에드Bab El Oued는 알제 서쪽에 있으며, 모두 바다 가까운 동네들이다.

** 《이방인》(1부 2장)에서 뫼르소 역시 어머니 장례식 직후 알제 바닷가로 해수욕을 하러 갔다가 마리를 만나 함께 부표 위로 기어올라간다.

에도 이런 생활을 계속하고 매일 같이 정오가 되면 벌거벗고 햇볕을 쬐면서 검소한 점심식사를 하니 말이다. 그렇다고 그들이 나체주의자, 즉 그 육체의 청교도들이 역설하는 무슨 따분한 설교에 물들었기 때문이 아니라(정신적 교조주의 못지않게 짜증나는 육체적 교조주의도 존재하긴 하니까), 그저 '햇볕을 쬐니 기분 좋아서'인 것이다. 우리들 시대에 있어서는 이런 풍속의 중요성이 충분할 만큼 높이 평가받지 못하고 있다. 2000년 인류 역사상 처음으로 육체가 바닷가에서 벌거벗은 알몸을 드러낸 것이다. 20세기 전부터 사람들은 고대 그리스인의 저 불손함과 자유분방함을 성숙해지도록 억누르는 데 여념이 없었고 육체를 위축시키고 의상들을 복잡하게 꾸미는 데 정신이 팔려 있었다. 이제 그 역사를 초월해 지중해변을 질주하는 저 젊은이들은 델로스의 경기 선수들이 보여주던 그 멋진 몸짓들로 돌아간다. 그리하여 이처럼 육체의 곁에서, 육체에 의하여 살다 보면 육체도 나름의 뉘앙스와 삶, 그리고 좀 우스운 표현이 될지 모르겠지만 그 고유한 심리학을 가지고 있다는 것을 알아차릴 수 있다.*** 정신의 진화와 마찬가지로 육체의 진화도 그 나름의

*** 우습게 여길지 모르지만 나는 지드가 육체를 찬미하는 방식이 마음에 들지 않는다고 말하고 싶다. 그는 육체의 욕망을 억제해서 욕망이 더욱 강렬해지게 하라고 한다. 그리하여 그는 사창가에서 쓰는 은어로 까탈쟁이, 먹물이라고 부르는 이들과 비슷해진다. 기독교 역시 욕망을 멈추고자 한

역사와 회귀, 진보와 부족함이 있는 법이다. 다만 미묘한 차이가 있다면 바로 색깔이다. 여름 동안 해수욕을 다녀보면 모든 육체의 피부가 동시에 흰색에서 금빛으로 변했다가 다시 갈색이 되고 마침내는 육체가 변용을 위하여 바칠 수 있는 노력의 한계라 할 담배 색깔로 변해버린다는 것을 알아차릴 수 있다. 항구 저 위에서는 카스바*의 하얀 입방체 모양의 집들이 무리지어 굽어보고 있다. 수면과 같은 높이에서 바라보면 아랍 도시의 저 강렬한 백색을 배경으로 하여 육체들이 구릿빛 띠 장식 같은 벽을 펼쳐놓는다. 8월이 깊어지고 햇볕이 거세짐에 따라 집들의 흰 빛은 더욱 눈부시고 사람들의 피부는 더욱 짙은 색의 열기를 띤다. 그러할진대, 태양과 계절에 따라 돌과 살이 주고받는 저 대화에 어찌 동화되지 않을 수 있겠는가? 아침나절에는 줄곧 다이빙을 하고, 튀어오르는 물 다발 속에서 웃음꽃이 피고, 붉은색과 검은색의 화물선 주위로 힘차게 노를 저

다. 그러나 더 자연스럽게 기독교는 욕망을 일종의 시련이라고 본다. 그러나 통 제조공이며 평영 종목 주니어부 우승자인 내 친구 뱅상은 그보다 더 분명한 관점을 가지고 있다. 그는 목이 마르면 물을 마시고 어떤 여자가 욕심나면 데리고 자려고 애쓰고 그 여자를 사랑하면 결혼할 것이다(아직 거기까지 가지는 않았다). 그러고 나서는 언제나 말한다. "이제 좀 낫네." 이것이 바로 포만감의 옹호를 힘차게 요약하는 표현이다.(원주)

* Kasbah. 이슬람 도시의 방어를 위해 지은 메디나(시가지의 일부)로 요새, 모스크, 궁전, 주택들이 들어서 있는데 특히 바다를 내려다보는 알제의 카스바는 지중해 연안에서 아름다운 명물 중 하나다.

으며 시간을 보냈다(화물선들 중 노르웨이에서 온 것은 온갖 목재 향내를 풍기고, 독일에서 온 것은 기름 냄새가 가득하고, 근해를 오가는 것은 포도주와 오래된 술통 냄새가 난다). 하늘의 사방으로 햇빛이 넘쳐나는 시간이 되면 갈색의 육체들을 가득 실은 오렌지색 카누가 미친 듯한 속도로 우리들을 다시 실어다준다. 과일색의 날개가 달린 두 쌍의 노가 박자 맞춰 수면을 치다가 갑자기 멈추고 우리가 도크 안의 고요한 물속에서 긴 시간 동안 미끄러질 때, 내가 지금 이 반드러운 물 위로 제신諸神들로 이루어진 갈색 화물을 싣고 가고 있으며 이 화물이 바로 나의 형제들이라는 사실을 어찌 확신하지 않을 수 있겠는가?

그러나 도시의 다른 한쪽 끝에서는 벌써부터 여름이 우리에게 그와는 대조적인 또 다른 풍요를 드러낸다. 다름 아닌 도시의 침묵들과 권태다. 침묵들은 그것이 그늘에서 생긴 것이냐 햇빛에서 생긴 것이냐에 따라 그 질이 다르다. 우선 정부 광장**에 깃들이는 정오의 침묵이 있다. 광장 가에 늘어선 나무 그늘에서는 아랍인들이 한 잔에 5수씩 받고 오렌지향을 첨가한 아이스 레몬주스를 판다. "시원해요, 시원해" 하고 그들이 외치는 소리가 인적 없는 광장을 가로지른다. 그 외치는 소리가

** Place du gouvernement. 알제시의 중심지 바닷가에 위치한 광장. 이 글이 쓰인 1930년대 알제리는 프랑스의 식민지로, 총독이 통치했다.

그치면 햇빛 아래로 침묵이 다시 내려앉는다. 장사꾼의 항아리 속에서 얼음이 뒤집히면서 내는 작은 소리까지 들린다. 그리고 또 낮잠의 침묵이 있다. 마린 가街의 골목들 안쪽 때가 낀 이발관들 앞으로 가 보면 속이 빈 갈대로 엮은 주렴 뒤에서 구성지게 잉잉대는 파리들의 소리로 그 침묵을 헤아릴 수 있다. 또 다른 곳, 가령 카스바의 모르인 카페에서 침묵에 잠긴 것은 사람의 몸이다. 그 몸은 이 장소들에서 빠져나갈 수도 없고 찻잔을 벗어나 몸속에 흐르는 그의 피가 펄떡거리는 소리의 시간으로 돌아갈 수도 없다. 그러나 특히 침묵으로 치자면 여름 저녁의 침묵이 으뜸이다.

하룻날이 밤 속으로 기우는 이 짧은 순간에 그 무슨 비밀스러운 신호와 부름들이 깃들어 있기에 나의 마음속에서 알제는 그 순간들과 그토록 깊숙이 이어져 있는 것일까? 한동안 이 고장에서 멀리 떨어진 곳에 가 있을 때면 나는 이곳의 황혼을 어떤 행복의 약속인양 상상한다. 도시를 굽어보는 언덕들 위에는 양유향과 올리브나무들 사이로 길이 나 있다. 그때 내 마음은 바로 그리로 돌아간다. 나는 거시서 초록빛 지평선 위로 한 떼의 검은 새들이 날아오르는 광경을 본다. 돌연히 태양이 자리를 비운 하늘에는 무엇인가가 긴장을 푼다. 붉은 구름들이 작은 무리를 이루어 기지개를 켜다가 마침내는 대기 속으로 사라져버린다. 그와 거의 동시에 첫 별이 나타나 그 형상을 갖추는가 싶으면 벌써 두터워진 하늘에서 뚜렷해진다. 이윽고 단숨에 만물을 삼켜버리는 밤. 알제의 덧없는 저녁들은 대체 그 무슨 비길 데 없는 것을 품고 있기에 내 속에서 그토록 많은 것들을 풀어놓는 것일까? 그 저녁들이 내 입술 위에 남기는 감미로움은 미처 그것을 실컷 즐길 사이도 없이 어느새 어둠 속으로 사라진다. 그것의 끈질긴 힘의 비밀이 바로 거기에 있는 것인가? 이 고장의 감미로움은 충격적인 동시에 덧없다. 그러나 적어도 그 감미로움이 이곳에 머무는 순간, 나의 마음은 송두리째 거기에 몰입한다. 파도바니 해변*에서는 무도회장이 매일 문을 연다. 그 길의 끝까지 바다를 향해 열린 그 거대한 직사각형 상자 속에서 동네의 가난한 젊은이들은 해가 저물도록 춤을 춘다. 여러 번 나는 거기로 가서 어떤 기묘한 순간을 기다리곤 했다. 낮 동안에는 나무 차양들을 비스듬히 쳐서 홀을 가려둔다. 해가 지면 차양을 들어올린다. 그러면 홀이 하늘과 바다의 이중 조개껍데기에서 나오는 기이한 초록빛으로 가득 찬다. 창문들에서 멀리 떨어진 곳에 앉아있으면 오직 하늘, 그리고 까만 윤곽을 만들며 차례로 지나가는 춤꾼들의 얼굴만 보인다. 때때로 왈츠의 무곡이 연주될 때면 초록색 배경 위로 검은 실루엣들이 마치 축음기의 회전판 위에 오려붙인 실루엣 그림처럼 빙글빙글 돌아간다. 이어서 금방 밤이 오고 그와 함

* 알제의 중심부 바닷가에 길게 돌출한 넓은 면적의 해변 지역.

께 불빛이 들어온다. 그러나 그 미묘한 순간 속에서 내가 맛보게 되는 저 열광과 비밀스러운 느낌을 어떻게 표현하면 좋을지 모르겠다. 다만 오후 동안 줄곧 춤을 추던 그 기막히게 멋진 키 큰 처녀는 기억난다. 그 여자는 허리께에서 다리까지 땀에 젖어 착 달라붙은 푸른빛 의상 위로 재스민 꽃목걸이를 차고 있었다. 그녀는 춤을 추는 동안 깔깔대고 웃으면서 고개를 뒤로 젖히곤 했다. 그 여자가 테이블 옆으로 지나갈 때면 꽃냄새와 살냄새가 한데 섞인 냄새가 뒤에 남았다. 저녁이 되자 남자 파트너의 몸에 바싹 붙이고 있는 그녀의 몸은 더 이상 보이지 않았지만 하늘을 배경으로 하얀 재스민과 검은 머리가 교차하는 반점들만이 빙빙 돌고 있었다. 그리고 그 여자가 부풀어 오른 목을 뒤로 젖힐 때면 그녀의 웃음소리가 들렸고 남자 파트너의 실루엣이 돌연 앞으로 수그러지는 것이 보였다. 순진무구함에 대하여 내가 품고 있는 생각이 있다면 그것은 이런 저녁들에서 얻은 것이다. 격렬함으로 가득한 이 존재들을 그들의 욕망이 소용돌이치는 저 하늘과 더 이상 떼어놓고 생각해서는 안 된다는 것을 나는 배운다.

알제의 동네 영화관들에서는 가끔 박하사탕을 파는데 거기에는 사랑이 싹트는 데 필요한 모든 것이 붉은 글자로 적혀 있다.

1) 질문: "언제 저와 결혼해 줄 거죠?", "저를 사랑하시나요?"

2) 대답: "미치도록", "봄이 오면." 어느 정도 분위기가 무르익었다 싶으면 옆에 앉은 여자에게 그 사탕을 건네준다. 여자는 마찬가지 대답을 하거나 아니면 무슨 영문인지 모르겠다는 듯 시치미를 뗀다. 벨쿠르에서 이런 식으로 여러 쌍의 결혼이 성립되고 여러 사람의 평생 언약이 박하사탕 교환으로 맺어지는 것을 보았다.

젊음의 특징은 아마도 손쉬운 행복을 누릴 수 있는 그 천부의 자질일 것이다. 그러나 젊음이란 무엇보다 먼저 거의 낭비에 가까운 삶의 서두름이다. 바벨우에드에서처럼 벨쿠르에서도 사람들은 어린 나이에 결혼한다. 아주 일찍부터 일을 하고 10년 동안에 한 사람 일생의 경험을 다 해버린다. 서른 살 먹은 노동자는 벌써 자기가 가진 패를 다 써버렸다. 그는 아내와 자식들 사이에서 자기의 종말을 기다린다. 그의 행복들은 갑작스럽고 가차 없는 것이었다. 그의 삶도 마찬가지다. 그때야 비로소 그는 자기가 모든 것을 다 주었다가 다 빼앗아가는 고장에서 태어났음을 깨닫는다. 이 넘치는 풍요와 과잉 속에서 삶은 돌연하고 까다로우며 너그러운 그 엄청난 열정의 곡선을 그린다. 인생은 건설해야 할 대상이 아니라 불태워야 할 대상이다. 그러니 중요한 것은 깊이 반성해보거나 더 훌륭한 사람이 되는 일이 아니다. 예컨대 이곳에서 지옥의 개념 따위는 한갓 상냥한 농담에 지나지 않는다. 그런 종류의 상상들은 대단한 도덕군자들이나 하는 것이다. 도덕이란 알제리 전체에서 무의미한 말이라고 나는 생각한다. 이곳 사람들에게 원칙이 없어서가 아니다. 이들도 그들 나름의 도덕관을 가지고 있지만 그건 아주 특수한 도덕관이다. 제 어머니에게 '함부로 굴지' 않는다. 밖에 나가면 자기 아내가 남들에게 존중받도록 처신하는 법이다. 임산부를 배려할 줄 알아야 한다. 상대가 한 사람일 때 둘이서 덤비지 않는다. '그건 비겁한 짓'이니까. 이런 계율을 지키지 않는 사람이 있을 때 '그는 사내자식이 아냐' 라고 하면 다 끝난다. 내가 볼 때 이것은 옳고 강력한 것 같다. 아직도 이 시정市井의 계율을 무의식적으로 지키는 사람이 많다. 그것은 내가 알기로는 단 하나 사심 없는 계율이다. 그러나 동시에 이곳 사람들은 쩨쩨한 장사치의 윤리 같은 건 모른다. 나는 늘 주변에서 어떤 사내가 경찰관들에게 붙잡혀 끌려가는 것을 보고 가엾다는 표정을 짓는 이들을 봤다. 그 사내가 도둑질을 했는지 아비를 죽였는지 아니면 그저 반골인지 알아보기 전에 사람들은 "불쌍해라" 라거나 존경의 뉘앙스가 담긴 어조로 "저 사람, 진짜 해적일세"라고 말한다.

세상에는 긍지와 삶을 위하여 태어난 백성이 있다. 바로 권태에 대한 가장 기이한 적성을 함양하는 사람들이다. 그들이 죽음에 대해 느끼는 감정은 곧 가장 강렬한 혐오감이다. 관능적인 쾌락을 빼고 나면 그 민중의 오락거리는 한심하기 짝이 없다. 쇠공던지기 모임과 '친목회'의 회식, 3프랑짜리 영화관과 마을 축제 정도면 여러 해 동안 30세 이상 주민들의 여흥으로 충분하다. 알제의 일요일은 가장 침울한 날들에 속한다. 그러니 정신적인 것과는 무관한 이 시민이 어떻게 자기들의 삶에 대한 깊은 공포감에 신화의 옷을 입힐 줄 알겠는가? 이곳에서는 죽음과 관계된 것이면 무엇이나 다 우스꽝스럽거나 가증스럽다. 종교도 없고 우상도 섬기지 않는 이 사람들은 군중 속에서 살다가 혼자 죽는다. 이 세상에서 가장 아름답기로 손에 꼽는 풍경들 중 하나와 마주보고 있건만 브뤼대로변의 공동묘지보다 더 살풍경한 장소를 나는 알지 못한다. 시커먼 주변 분위기에 둘러싸인 몰취미의 집합 같은 이곳은 죽음의 본색이 그대로 드러나 있는 장소답게 끔찍스러운 슬픔이 솟아오른다. '모든 것은 흘러 지나간다. 남는 것은 오직 추억뿐'이라고 하트 모양의 묘비명은 말하고 있다. 모두가 다 우리를 사랑했던 사람들이 헐값으로 우리에게 제공하는 저 하잘것없는 영원을 강조한다. 모든 절망감을 표현하는 데 늘 똑같은 진부한 문장들이 동원된다. 그 문장들은 죽은 자들을 향해 2인칭으로 말을 건넨다. '우리의 추억은 그대를 저버리지 않으리라.' 기껏해야 시커멓게 썩은 물에 지나지 않는 것에다가 하나의 육체와 욕망을 부여하는 음산한 취미의 시늉이다. 또 다른 곳에는 지겨울 정도로 대리석 꽃들과 새들을 잔뜩 장식해 놓고 그 옆에 이런 어이없는 맹세의 말을 새겨넣고 있다. '절대로 그대 무덤에 꽃 없는 날은 없으리라.' 그러나 즉시 안심해도 좋다. 그 묘비명 주변을 금칠한 석고 꽃다발로 장식해 놓았으니 산 사람들의 시간 절약에 이보다 적합한 것은 없다(아직 운행 중인 전차를 타고 다니는 사람들의 감사 덕분에 그처럼 엄숙한 이름을 갖는 저 불멸의 존재들이 그렇듯이). 자신의 시대와 발을 맞춰 가야 한다는 듯 때로는 고전적인 꾀꼬리 장식 대신에 기절초풍할 구슬 비행기 장식이 되어 있는 것도 눈에 띈다. 그 비행기는 또 바보 같은 천사가 조종하고 있는데, 논리적 일치 따위는 아무래도 좋다는 듯 그 천사는 아주 멋들어진 날개 한 쌍을 달고 있다.

그렇지만 이 죽음의 이미지들도 결코 삶과 따로 떼어놓고 생각할 수 없다는 것을 어떻게 설명하면 좋을까? 이곳에서는 여러 가치들이 서로 밀접하게 이어져 있다. 알제의 상조업체 사람들이 빈 영구차를 몰고 가면서 즐겨 하는 농담은, 길에 지나가는 예쁜 여자들을 보고 "아가씨, 태워줄까?" 하고 소리치는 것이다. 비록 어이없는 농담이긴 하지만 거기서 어떤 상징을 발견하지 못하라는 법은 없다. 누군가의 부고를 받고 왼쪽 눈을 찡긋하면서 "불쌍한 친구, 이제 더 이상 노래도 못 부르게 되었네" 라고 응답한다든가, 자기 남편을 한 번도 사랑해본 적이 없는 저 오랑 아낙네처럼 "주님께서 그이를 내게 주셨다가 주님께서 그이를 되찾아 가셨다우" 라고 말하는 것을 모독이라고 여길 수 있으리라. 그러나 따지고 보면 나는 죽음의 어떤 점이 신성하다는 것인지 잘 알 수가 없다. 반대로 나는 공포와 존경 사이의 거리를 잘 느낄 수 있다. 삶으로 초대하는 고장에서 죽는다는 것이 얼마나 끔찍한지를 온갖 것들이 은연중에 말해주고 있다. 그런데 바로 그 묘지의 담장 밑에서는 벨쿠르의 젊은이들이 밀회를 즐기고 처녀들은 키스와 애무에 몸을 맡긴다.

물론 이런 민족을 모든 사람이 다 이해하고 받아들이지는 못한다고 할 수 있다. 여기서는 이탈리아에서와 마찬가지로 지성이 끼어들 자리가 없다. 이 종족은 정신 같은 것에는 관심이 없다. 그들은 육체를 섬기고 찬미한다. 그들은 육체에서 힘과 순진한 냉소주의, 그리고 유치한 허영을 얻어낸다. 그들이 그 허영 때문에 장차 치르게 될 대가는 혹독하지만 말이다.* 사람들은 한결같이 그들의 '사고방식', 즉 사물을 보는 방식, 살아가는 방식을 비판한다. 사실 삶이 어느 정도의 밀도에 이르게 되면 부당함이 따르게 마련이다. 그렇지만 여기 이들은 과거도 없고 전통도 없는 백성들이다. 그렇다고 그들에게 시詩가 없는 것은 아니다. 하지만 그것은 내가 잘 아는, 냉혹하고 육체적이며, 다정함과는 거리가 먼 특징을 가진 시, 그들이 머리에 이고 사는 하늘 그 자체의 시, 사실 나를 감동시키고 내 마음을 집중시키는 유일한 시다. 문명화된 백성의 반대는 창조적인 백성이다. 바닷가 백사장에 사지를 뻗고 누운 이 야만인들은[15] 어쩌면 지금 인간의 위대함이 마침내 그 참다운 모습을

* 〈노트〉 참조. (원주)

발견하게 되는 바탕인 어떤 문화의 얼굴을 무심중에 빚어내고 있는 게 아닐까. 이것이 바로 내가 품는 좀 어처구니없는 희망이다. 오직 자신의 현재 속에 송두리째 던져진 이 백성은 신화도 위안도 모른다. 그는 전 재산을 모두 땅 위에 두었다. 그러니 그때부터는 죽음에 대해서 전혀 무방비 상태인 것이다. 육체적 아름다움이라면 주체할 수 없을 정도로 타고났다. 그 천혜의 선물과 더불어, 미래를 모르는 그런 풍요에 따르기 마련인 유별난 탐욕도 함께 타고났다. 여기서 그들이 하는 행동에는 어느 것에서나 안정에 대한 혐오와 미래야 알 바 아니라는 무관심이 눈에 띈다. 그들은 서둘러대면서 산다. 여기서 예술이 태어난다면 그것은 미래에 걸쳐 오래도록 지속되는 것에 대한 혐오에서 나오는 예술일 것이다. 옛날 도리아 사람들이 그들의 첫 기둥을 다듬을 때 나무를 사용하도록 부추긴 것은 바로 그 혐오였다. 그렇지만 사실, 이 백성의 그토록 격렬하고 열중한 얼굴에서, 정다움을 비워버린 그 여름 하늘에서 우리는 어떤 과도함과 동시에 절도를 발견할 수 있다. 그 얼굴과 하늘 앞에서라면 모든 진실을 다 말하는 것이 좋다. 그 어떤 기만적인 신도 거기에 희망이나 구원의 표시를 해놓지 않았다. 이

* 1930년대 후반에 카뮈는 문명과 문화, 역사와 자연의 차이에 많은 관심을 갖고 있었다. (《작가수첩 1》 참조)

하늘과 하늘을 쳐다보고 있는 이 얼굴들 가운데 무슨 신화나 문학이나 윤리, 혹은 어떤 종교가 끼어들 여지는 전혀 없다. 돌과 육체와 별들, 그리고 손으로 만질 수 있는 이 진실들만이 있을 뿐이다.

자신이 어떤 땅과 맺고 있는 관계들, 어떤 사람들에게 느끼는 사랑, 자기에게 딱 들어맞는다고 마음으로 느끼는 장소가 언제나 있다는 것, 이만하면 한 번 사는 일생에는 벌써 상당히 많은 확신들이다. 아마도 그것으로 충분하지는 못할 것이다. 그러나 어떤 순간에는 모든 것이 이 영혼의 고향을 열망한다. '그렇다. 우리가 돌아가야 할 곳은 거기다.' 플로티노스**가 염원했던 그 일체감을 이 땅에서 다시 발견하는 것이 뭐 그리 이상하겠는가? 여기서는 통일이 태양과 바다의 관계로 표현된다. 그 통일은 그것의 씁쓸한 면인 동시에 위대한 면이라고 할 어떤 육체적 맛을 통해서 가슴에 느껴진다. 나는 세상에 인간을 초월하는 행복이란 없다는 것을, 해가 떴다 지는 나날들의 곡선 밖의 영원이란 없다는 것을 배운다. 이 하찮지만 본질적인 재산, 이 상대적인 진실들이 내 마음을 움직이는 유일한 것

** 카뮈는 1936년 석사 논문으로 〈기독교 형이상학과 네오플라토니즘〉을 썼는데, 그 주된 연구 대상은 플로티누스와 성아우구스티누스였다.

이다.* 나는 그 밖의 것들, '이상적'이라는 것들을 이해할 만큼 넉넉한 영혼의 소유자가 못 된다. 바보 같아져야 한다는 말은 아니지만 나는 천사들의 행복이 무슨 의미가 있는지 알 수가 없다. 나는 다만 저 하늘이 나보다 더 오래 갈 거라는 사실을 알고 있을 뿐이다. 내가 죽은 후에도 없어지지 않고 지속되는 것 말고 무엇을 영원이라 부를 것인가? 나는 지금 여기서 자기의 조건에 안주하는 피조물의 자기만족을 말하는 것이 아니다. 이건 전혀 다른 이야기다. 한 인간이 되는 것이 늘 쉬운 것은 아니다. 순수한 인간이 되는 것은 더 어렵다. 그러나 순수하다는 것은 피의 고동이 오후 두 시의 태양의 강렬한 맥박과 일치되는 곳, 세계와의 혈연관계가 실감되는 저 영혼의 고향을 다시 찾는 것을 말한다. 널리 알려져 있듯이, 고향을 잃어버리는 순간에야 비로소 알아보는 것이 고향이다. 스스로 고생이 너무 심한 사람들에게 고향이란 그들을 부정하는 곳이다. 나는 과격해지고 싶지도 않고 과장한다는 인상을 주고 싶지도 않다. 어쨌든, 이 삶 속에서 나를 부정하는 것은 무엇보다 나를 죽이는 것이다. 삶을 고양하는 것은 무엇이든 동시에 삶의 부조리를 증가시킨다. 알제의 여름 속에서 내가 배운 것은, 고통보다 더 비극적인 단 한 가지는 행복한 한 인간의 삶이라는 것

* 카뮈의 무신론적 헬레니즘 세계관이 적나라하게 드러나는 표현.

이다.[**] 그러나 그것은 또한 보다 더 위대한 삶의 길일 수도 있다. 왜냐하면 그것은 더 이상 속이지 않도록 해주는 것이니까.

과연 많은 사람들이 삶을 사랑하는 체하면서 사랑 그 자체를 회피한다. 사람들은 시험 삼아 즐기고 '경험을 쌓는다.' 그러나 그것은 정신의 관점이다. 쾌락을 즐기는 사람이 되려면 보기 드문 자질을 타고나야 한다. 한 인간의 삶은 정신의 도움 없이 후퇴와 전진을 거듭하며 고독과 동시에 존재감을 통해서 이루어진다. 대개 불평 한마디 하지 않고 자기 아내와 자식들을 부양하는 저 벨쿠르 사람들을 보면, 아마도 남몰래 부끄럽다고 느낄 수도 있을 거라고 나는 생각한다. 아마 내가 잘못 짐작한 것은 아닐 것이다. 내가 지금 말하는 이런 삶 속에 사랑은 많지 않다. 아니 이제 남은 사랑이 별로 많지 않다고 해야 옳을 것이다. 그러나 그 삶은 아무것도 피하지 않았다. 세상에는 내가 한 번도 제대로 이해할 수 없었던 말들이 있는데, 가령 죄라는 말이 그렇다. 그러나 나는 이 사람들이 삶을 거역하는 죄를 짓지는 않았다고 본다. 왜냐하면 삶을 거역하여 짓는 죄가 있다면 그것은 아마도 삶에 절망하는 것이라기보다 어떤 다른 삶을 바라고, 그리하여 이 땅 위의 삶이 지닌 준엄한 위대함을

** "참으로 비극적인 예술 작품이란 행복한 인간의 작품일터다." (《작가수첩 1》)

기피하는 것일 테니 말이다. 이 사람들은 속인 적이 없다. 여름의 신들이라면 바로 삶에 대한 정열에 넘쳤던 스무 살 적의 그들이 그 신들이었고, 모든 희망을 다 잃어버린 지금의 그들 역시 신들이다. 나는 그들 중 두 사람이 죽는 것을 봤다. 그들은 몸서리치는 공포에 가득 차 있었지만 말이 없었다. 그쪽이 더 낫다. 인류의 온갖 악들이 우글거리는 판도라의 상자에서 그리스인들은 다른 모든 악들을 쏟아놓고 난 뒤에 끝으로 가장 끔찍한 악인 희망을 꺼냈다. 이보다 더 감동적인 상징을 나는 알지 못한다. 왜냐하면 흔히들 생각하는 것과는 반대로 희망은 체념과 마찬가지이기 때문이다. 산다는 것은 스스로 체념하지 않는 것을 의미한다.*

이것이 적어도 알제의 여름이 주는 매서운 교훈이다. 그러나 벌써 계절은 휘청거리며 여름이 기운다. 그토록 폭력적이고 강경했던 시간이 지난 뒤 9월에 처음 몇 차례 내린 비는, 마치 며칠 사이 이 고장에 다정한 기운이 스며들고 있다는 듯, 긴장에서 풀려난 대지가 흘리는 첫 눈물과도 같다. 그러나 같은 시기, 캐롭나무들은 알제 전역에 사랑의 냄새를 쏟아놓는다. 저녁이나 비 그친 뒤면 대지 전체가 씁쓸한 아몬드 향내 나는 정액精液으로 배를 적신 채, 여름 동안 줄곧 태양에 바치고 난

* "희망을 박탈당했다는 것은 절망과는 다르다." (《시지프 신화》)

몸을 가누며 휴식에 든다. 이제 다시 그 냄새는 인간과 대지의 결혼을 정식으로 축성하며 이 세상에서 유일하고 참으로 씩씩한 사랑, 소멸할 운명이지만 너그러운 사랑을 우리의 마음속에 불러 일으킨다.

## 노트

한 가지 예로, 바벨우에드에서 들은 싸움 이야기를 들은 그대로 옮겨 적는 바다(화자가 항상 뮈제트의 작품에 등장하는 작중인물 카가유** 같은 말씨를 쓰는 것은 아니다. 그 점 놀라울 것은 없다. 카가유의 말은 대개 문학적 언어다. 다시 말해서 재구성한 것이다. '건달들의 세계'라고 해서 언제나 은어로만 말하는 것은 아니다. 그들은 은어의 단어들을 사용하는 것뿐이다. 그 두 가지는 별개의 것이다. 알제 사람은 특유의 어휘들과 특별한 구문을 구사한다. 그러나 그 어휘와 구문이 프랑스말 속에 편입됨으로써 그 창조된 말씨가 맛깔스러워지는 것이다).

** 실제 이름이 오귀스트 로비네August Robinet(1862~1930)인 뮈제트는 바벨우에드의 호감형 불량배에게 카가유Cagayou라는 이름을 붙여 그의 모험담을 불멸의 전설로 남겼다. 가브리엘 오디시오Gabriel Audisio는 1931년에 뮈제트의 이 이야기 모음을 갈리마르 출판사에서 펴냈다(《Musette. Cagayous, ses meilleures histoires》). 그 책에는 주인공이 즐겨 쓰는 방언 "파타우에트"의 어휘집이 추가되어 있다.

그래서 코코가 나서서 한마디 하는 거라. "야, 이봐, 이보라니깐." 저쪽이 받았지. "왜 그래?" 그러니까 코코가 말했어. "널 몇 방 멕일라고 그런다." "네가 몇 방 멕인다고?" 그러자 손을 뒤로 뺐지만 어림없지. 그러자 코코가 그쪽 보고 말했어. "손 뒤로 뺄 거 없어. 내가 너한테 6-35를 앵길테니 어쨌든 넌 몇 방 처먹는 거야."

저쪽은 손을 안 내놓고 버티는 거라. 그래서 코코가 딱 한 방, 멕였거든. 두 방도 아니고 한 방. 저쪽이 땅바닥에 고꾸라져. "우아, 우아" 하는 거야. 그래서 사람들이 몰려들었지. 쌈이 시작된 거야. 코코한테 한 놈이 대들었어. 둘, 셋. 하지만 내가 말했지. "이봐, 내 동생을 건드리려고?" "누가 네 동생이야?" "내 동생은 아니지만 내 동생이나 마찬가지지." 그래서 내가 한 방 날렸지. 코코가 쳤고 내가 쳤고 뤼시앵이 쳤어. 난 어느 귀퉁이에 한 방 얻어맞고 머리통으로 "붐, 붐" 했지. 그러자 경찰이 왔어. 우리한테 쇠고랑을 채웠지. 쪽팔리게시리 온 바벨 우에드 거리를 가로질러 갔지 뭐야. '젠틀맨스 바' 앞엔 친구들이랑 계집애들이 서 있었걸랑. 쪽팔리게시리. 그렇지만 나중에 뤼시앵네 아버지가 우리한테 그러는 거라. "잘했다."

# 사막

장 그르니에에게

사는 것은 물론 표현하는 것과는 어느 정도 반대되는 것이다. 토스카나 미술의 대가들에 의하면 산다는 것은 침묵 속에서, 불꽃 속에서, 부동不動 속에서, 이렇게 세 번 증언하는 것이다.

그 거장들의 그림 속 인물들이 우리가 피렌체나 피사의 길거리에서 일상적으로 마주치는 바로 그 사람들이라는 사실을 알아차리자면 많은 시간이 걸린다. 그러나 마찬가지로, 우리는 더 이상 우리 주위에 있는 사람들의 진정한 얼굴을 바라볼 줄 모르게 되었다. 우리는 이제 동시대 사람들을 바라보지 않은 채 그들에게서 오로지 우리의 대응 방향을 정하는 데 도움이 되고 처신 상의 본보기가 될 것만을 찾는 데 급급한 것이다. 우리는 사람의 얼굴 그 자체보다는 그것의 가장 저속한 시詩에 더 관심이 있다. 그러나 조토나 피에로 델라 프란체스카의 경우를 보면, 그들은 한 인간의 감성 따위란 아무것도 아님을 잘 알고 있다. 그리고 솔직히 말해서, 심정쯤이야 누구나 갖고 있다. 그러나 삶에 대한 사랑이 그 구심점으로 삼아 그 주위를 맴도는 단순하고도 영원한 큰 감정들인 증오, 사랑, 눈물, 그리고 기쁨은 인간의 가장 깊은 곳에서 자라나서 운명의 얼굴을 빚어낸다. 조티노가 그린 예수의 매장도埋葬圖 속에 저 이를 악물고 있는 마리아의 고통을 보면 알 수 있다. 토스카나 성당들의 거대 제단화에는 사실 모두 비슷비슷하게 베낀 것 같은 천사들이 그려져 있다. 그러나 나는 말이 없으면서도 열정에 넘치는 그 얼굴들 하나하나에서 어떤 고독을 읽는다.

그림의 의도는 사실 생동감, 에피소드, 뉘앙스, 거기서 느껴지는 감동이다. 의도는 시적詩的인 데 있다. 그러나 중요한 것은 진실이다. 그런데 나는 지속하는 모든 것을 진실이라고 부른다. 이런 면에 있어서는 오직 화가들만이 우리의 허기를 달래줄 수 있다고 생각해보면 거기서 어떤 미묘한 교훈을 얻을 수 있다. 왜냐하면 화가들은 스스로 육체의 소설가가 되어 작업하는 특전을 누리기 때문이다. 그들은 현재라고 하는 저 훌륭하고도 덧없는 재료를 가지고 작업하기 때문이다. 그런데 현재라는 것은 언제나 어떤 몸짓 속에서 그 모습을 드러낸다. 화가들은 미소나 일시적인 수줍음, 후회나 기대를 그리는 것이 아니라 뼈가 튀어나오고 들어간, 뜨거운 피가 펄떡이는 얼굴을 그린다. 영원한 선線들 속에 고정되어버린 그 얼굴들에서 화가들은 정신의 저주를 영원히 추방해버렸다. 거기에는 희망의 포기라는 대가가 따랐다. 육체는 희망을 알지도 못하니 말이다. 육체는 오로지 그의 피가 고동치는 소리만 안다. 육체만이 아는 고유한 영원은 무심無心으로 이루어져 있다. 피에로 델라 프란체스카가 그린 〈그리스도의 태형〉이 그렇다. 이제 금방 물청소를 한 듯한 뜰에서 매를 맞고 있는 그리스도나 근육질의 형리는 둘 다 그 태도에 있어서 똑같은 무관심을 드러내 보인다. 그 까닭은 그 태형에 이어지는 다음 순간이 없기 때문이다. 그래서 그림의 교훈은 화폭의 틀 안에서 멈춰 있다. 내일의 기대가 없는 사람이 감동을 느낄 일이 어디 있겠는가? 저 무감동, 희망을 모르는 인간의 위대함, 영원한 현재, 사려 깊은 신학자들이 지옥이라고 불렀던 것이 바로 그것이다. 누구나 다 알다시피 지옥은 고통받는 육체다. 토스카나의 화가들이 주목하는 것은 그 육체지 육체의 운명이 아니다. 예언적인 회화란 존재하지 않는다. 희망의 이유를 발견하려고 찾아갈 곳은 미술관이 아니다.

사실 영혼의 불멸은 많은 사람들의 마음을 사로잡는 관심거리다. 그러나 문제는, 그들이 자기에게 주어진 유일한 진실이 육체인데도 그것의 진액을 남김없이 다 빨아먹기도 전에 육체를 거부한다는 것이다. 육체는 그들에게 아무런 문제도 제기하지 않기 때문에, 아니 적어도 그들은 육체가 제시하는 단 하나의 해답이 무엇인지를 알고 있기 때문에 육체를 거부한다.

그 해답이란 반드시 썩어 없어지게 마련인 하나의 진실, 그렇기 때문에 가혹함과 고귀함을 동시에 지닌 진실인데 그들은 감히 그 진실을 정면으로 바라보지 못한다. 사람들은 그 진실보다 시를 더 선호한다. 시는 영혼의 영역이니까. 여러분은 내가 말장난하고 있다는 것을 곧 눈치채리라. 그렇지만 내가 오직 더 높은 의미의 시만을 진실이라고 부르고자 한다는 것도 이해할 것이다. 치마부에부터 프란체스카에 이르는 이탈리아 화가들이 이 대지 위에 내던져진 인간의 명철한 항의 표시인 양 토스카나의 풍경들 한가운데에 불붙여 쳐들었던 검은 불꽃이 바로 높은 의미의 시다. 이 대지의 찬란한 아름다움과 빛은 존재하지 않는 어떤 신에 대하여 끊임없이 말하고 있다.

무심과 무감동 상태가 오래 이어지다 보면 사람의 얼굴이 어느 풍경의 광물적인 위대함과 일치되는 때도 있다. 스페인의 어떤 농부들이 그들의 올리브나무를 닮게 되듯이, 영혼이 깃든 하찮은 그림자들은 아예 싹 지워버린 조토의 그림 속 얼굴들은 마침내 토스카나가 아낌없이 주는 유일한 교훈을 통해 토스카나 그 자체와 하나가 된다. 감동이 배제된 정념의 수련, 금욕과 쾌락의 혼합, 인간도 대지도 비참과 사랑의 중간 지점에서 자체를 규정할 때 따르는 대지와 인간이 공유하는 어떤 울림, 이것이 바로 그 교훈이다. 우리가 가슴으로 확신할 수 있는 진실이란 그리 많지 않다. 그런데 어둠이 피렌체 들판의 포도밭과 올리브나무들을 이 광대하고 말 없는 슬픔으로 적시기 시작하는 어느 저녁, 나는 이 진실의 명백함을 알고 있었다. 그러나 이 고장에서 슬픔은 결코 아름다움에 대한 한갓 주석註釋에 그치는 것이 아니다. 어둠을 가르며 달리는 기차 안에서 나는 내 속에서 무엇인가 맺혔던 매듭이 풀리는 것을 느꼈다. 슬픔의 얼굴을 한 이것이 그래도 행복이라고 불리는 것임을 오늘 내 어찌 부정할 수 있겠는가?

그렇다, 이탈리아는 그 나라가 낳은 인간들이 구체적으로 보여주었던 교훈을 그의 풍경을 통해서도 아낌없이 보여준다. 그러나 행복이란 항상 분에 넘친 것인지라 자칫 그 행복을 놓쳐버리기 쉽다. 이탈리아도 마찬가지다. 그 나라의 우아함은 갑작스럽게 나타나는 것이긴 하지만 항상 바로 당장 눈에 보이는 것은 아니다. 이탈리아는 어떤 것을 첫눈에 통째로 다 내주는 것 같지만 다른 어느 나라보다도 더 그것의 경험을 점진으로 심화시키도록 유도하는 편이다. 이 나라는 우선 시를 아낌없이 쏟아내 놓는데, 그것은 자신의 진실을 보다 더 꼭꼭 숨기기 위해서다. 이 나라가 처음에 선보이는 요술들은 망각의 의식儀式들이다. 가령 모나코의 유도화들, 꽃과 생선 냄새로 가득 찬 제노바, 그리고 리구리아 해안에 내리는 푸른 빛 저녁이 그것이다. 그리고 드디어 피사, 피사와 함께 리비에라 해안의 다소 양아치 같은 매력이 가신 이탈리아가 나타난다. 아직은 좀 헤픈 이탈리아다. 하지만 잠깐 이 관능적인 아름다움에 몸을 맡기지 말아야 할 까닭은 없지 않은가? 나의 경우, 이곳에 머무는 동안 반드시 해야 할 일이 있는 것은 아니니(할인 승차권을 소지한 나는 '내가 선택한' 도시에서 의무적으로 일정 기간 머물러야 하므로 쫓기듯 이동하는 여행자의 즐거움은 맛보지 못한다) 피사에서의 이 첫날 저녁, 사랑하고 이해하는 데 필요한 인내심은 무한대인 것 같다. 지치고 허기진 채 피사에 들어서니 역 앞 광장에서는 10개의 확성기가 대부분이 젊은 사람들인 군중을 향해 우레와 같은 큰 소리로 사랑 노래를 쏟아부으며 맞아준다. 나는 벌써 내가 무엇을 기대하고 있는지 알겠다. 이 생명의 약동 뒤에 오는 것은 저 기묘한 순간일 것이다. 문을 닫은 카페들, 돌연 찾아든 침묵, 그 속에서 나는 짧고 어두운 골목길들을 지나 시내 중심가로 가리라. 검고 금빛 나는 아르노강, 노란색, 초록색의 기념물들, 인적이 없는 도시. 밤 열 시에 피사가 침묵과 물과 돌의 기이한 무대장치로 변하는 이 돌연하고 교묘한 요술을 어떻게 묘사하면 좋을까? '그건 이런 어느 밤이지, 제시카!' 비길 데 없는 무대 위로 바야흐로 제신들이 셰익스피어의 연인들의 목소리로 등장하니…. 꿈이 우리에게 스며들 때는 꿈에 자신을 맡길 줄도 알아야 한다. 사람들이 이곳에서 찾으려 하는 내면의 노래, 나는 벌써부터 이 이탈리아의 밤 속에서 그 노래의 첫 화음을 감지한다. 내일, 단지 내일이 되어서야 비로소 들판은 아침 빛 속에서 둥그렇게 드러날 것이다. 그러나 오늘 저녁에 나는 여기 여러 신들 중의 한 신이 되어 '사랑으로 달뜬 발걸음으로' 달아나는 제시카 앞에서 내 목소리를 로렌조의 목소리에 섞는다. 그러나 제시카는 구실에 지나지 않는다. 그 사랑의 충동은 제시카를 초월한다. 그렇다. 내 생각으로는, 로렌조는 제시카를 사랑한다기보다는 사랑하도록 허락해준 제시카에게 감사하고 있는 것이다. 그러나 무엇 때문에 오늘 저녁, 베로나를 잊은 채 베네치아의 연인들을 생각하는 것인가? 그것은 또한 이곳에서는 그 어느 것도 불행한 연인들에게 애착을 갖도록 부추기지 않기 때문이기도 하다. 사랑을 위해 죽는 것보다 더 부질없는 것은 없다. 중요한 것은 사는 것이리라. 비록 장미와 함께 묻히더라도 땅속의 로미오보다는 살아 있는 로렌조가 더 낫다. 그러할진대 어찌 이 살아 있는 사랑의 축제 속에서 춤추지 않을 수 있으랴. 그리고 기념물들이야 언제든 찾아가 구경할 시간이 있을 터이니 그것들 한가운데의 피아차 델 두오모의 짧게 깎은 잔디밭에서 오후엔 낮잠을 자고, 물이 약간 미지근하지만 아주 부드럽게 넘어가는 분수의 물을 마시며, 오뚝한 콧날에 오만한 입술을 한 저 웃고 있는 여인의 얼굴을 다시 한번 보러 가지 않을 수 있으랴. 다만 이런 통과의례는 더 높은 주순의 계시들의 예비 단계라는 것을 알아둬야 한다. 그것은 디오니소스의 제관祭官들을 에레우시스로 인도해가는 찬란한 행렬에 지나지 않는다. 인간은 기쁨 속에서 그의 교훈들을 준비하고 도취의 가장 높은 단계에 이르면 육체는 의식이 또렷해지면서 검은 피를 상징으로 하는 신성한 신비와의 영적 합일에 든다. 그 처음 대면한 이탈리아의 열광 속에서 획득한 자기망각은 바야흐로 희망이라는 굴레에서 우리를 해방시키고 우리의 역사로부터 건져내주는 저 교훈에 대한 준비를 시킨다. 기대했던 유일한 행복이 우리를 기쁘게 하는 동시에 그 자체가 소멸하게 마련이지만 그래도 우리가 그 행복에 매달리듯이, 아름다움의 스펙터클이 보여주는 육체와 순간이라는 이중의 진실에 어찌 매달리지 않을 수 있겠는가.

가장 혐오스러운 유물론은 흔히들 생각하는 그것이 아니라 우리에게 죽은 관념들을 살아 있는 현실이라고 여기도록 만드는 유물론이다. 그것은 우리 안의 영원히 죽어 없어지게 되어 있는 것에 우리가 기울이는 집요하고 명료한 관심을 무용한 신화들 쪽으로 돌리게 한다. 피렌체에 있는 산티시마 안눈치아타 성당*의 사자死者들이 안치된 수도원을 찾아갔을 때, 내가 절망감이라고 오해할 뻔했으나 사실은 분노에 지나지 않았던 그 어떤 감정 때문에 흥분했던 기억이 난다. 비가 내리고 있었다. 나는 묘석과 봉헌물들 위에 새긴 비문들을 읽어보았다. 이 사람은 다정한 아버지요 성실한 남편이었단다. 저 사람은 가

* 피렌체 최초의 르네상스 광장이라고 평가되는 광장에 면한 세 개의 건물 중 1454년 미켈로치가 설계한 중앙의 건물이다. 특히 이 광장은 영화 〈냉정과 열정 사이〉의 촬영지로 유명해졌다.

장 좋은 남편인 동시에 빈틈없는 상인이었다. 모든 부덕婦德의 귀감이었던 어느 젊은 여성은 프랑스어를 '마치 모국어처럼si come il nativo' 구사했다. 저기 저 처녀는 온 가족의 희망이었으나 '이 땅 위에서의 기쁨이요 순례길이었다ma la gioia e pellegrina sulla terra.' 그러나 그 어느 것도 내 가슴에 와닿는 것은 없었다. 비문들에 따르면 거의 모두가 체념하고 죽음을 받아들였다. 그들의 다른 의무들을 다 받아들였으니까, 아마도 그랬을 것이다. 오늘은 어린아이들이 수도원 안에 잔뜩 몰려와서 사자들의 덕행을 영원히 기리려던 묘석 위에서 개구리뜀 놀이를 하고 있었다. 그때 밤이 내렸다. 나는 어느 기둥에 등을 기댄 채 땅바닥에 앉아 있었다. 한 사제가 지나가면서 내게 미소를 보냈다. 성당 안에서는 풍금 소리가 희미하게 들렸는데 그 풍금 소리의 따뜻한 음색이 어린아이들의 떠드는 소리 저 뒤로 간간이 되살아나곤 했다. 기둥에 등을 기댄 채 혼자 앉아 있는 나는 마치 누구에게 목을 졸리면서도 최후의 진술처럼 자기의 믿음을 외쳐대는 사람 같았다. 내 속에 있는 모든 것이 그 같은 체념에 맞서 항의하고 있었다. '마땅히 그래야 한다.' 그 묘비명들은 그렇게 말하고 있었다. 그러나 아니다. 내 반항이 옳았다. 땅 위의 순례자처럼 무심하면서도 골똘하게 몰입한 채 가고 있는 그 기쁨을 뒤쫓아 나도 한 걸음 한 걸음 따라가야 했다. 그리고 그 나머지에 대해서 나는 '아니다'라고 말했다. 나는 있는 힘을 다해서 아니라고 말했다. 무덤돌들은 그래봐야 아무 소용이 없다고, 인생은 '해와 함께 떠올라 해와 함께 지는 것col sol levante col sol cadente'이라고 나에게 일러주고 있었다. 그러나 오늘도 나는 인생이 무용하다는 것 때문에 내 반항에서 대체 무엇이 줄어든다는 것인지 알 수가 없다. 오히려 삶의 무용함 때문에 반항이 증대된다는 것을 나는 확실히 느낀다.

그런데 사실 내가 말하고자 했던 것은 이게 아니다. 나는 내 반항의 핵심 그 자체라고 느꼈던 어떤 진실을 좀 더 정확하게 규명해보고자 했던 것인데, 여기서 내가 말한 것은 그 진실의 한 연장延長에 지나지 않는 것이다. 산타마리아 노벨라 수도원에 핀 철 늦은 작은 장미꽃들로부터 그 일요일 아침나절 헐렁하고 엷은 옷 속에서 젖가슴이 자유롭게 출렁이고 입술이 촉촉한 피렌체 여인들로 이어지는 하나의 진실 말이다. 그 일요일, 성당마다 한 구석에 풍만하고 화사한 꽃들이 이슬 같은 물방울들을 달고 진열대에 늘어 놓여 있었다. 그때 나는 거기서 일종의 '순진함'과 동시에 어떤 보상을 발견했다. 그 꽃들에서도, 그 여인들에게서도 다 같이 어떤 넉넉한 풍요로움이 느껴졌다. 그 둘 중 어느 한쪽에 대해 느끼는 욕망이 다른 한쪽을 향한 갈망과 크게 다를 것 같지 않았다. 똑같이 순수한 마음이면 충분했다. 한 인간이 스스로 마음이 순수하다고 느끼는 때가 자주 있는 것은 아니다. 그러나 적어도 그런 순간, 그는 이상하게도 자신을 그토록 정화해준 힘을 진실이라고 부를 의무가 있다. 비록 그 진실이 다른 사람의 눈에 신성모독으로 보일지라도 말이다. 그날 내가 생각하고 있었던 것이 그런 경우인데, 나는 월계수꽃 향기 그윽한 피에솔레*의 프란체스코 수도원에 가서 아침나절을 보냈다. 나는 붉은 꽃들과 햇빛과 노랗고 검은 벌들로 터질 듯 가득한 작은 뜰에서 오랜 시간 동안 머물렀다. 뜰 한구석에는 녹색 물뿌리개가 하나 놓여 있었다. 그리로 오기 전에 나는 수도사들의 작은 방들을 구경하다가 죽은 사람의 해골이 놓인 작은 탁자들을 보았더랬다. 그런데 지금은 이 뜰이 그들이 받은 계시들을 증언하고 있었다. 그곳의 모든 사이프러스나무들과 함께 내맡겨진 도시를 향해 급경사를 이루며 내려가는 언덕을 따라 나는 피렌체로 돌아왔다. 세계의 그 찬란한 아름다움, 그 여인들, 그리고 그 꽃들이 내 눈에는 저 수도사들의 삶을 정당화해주고 있는 것으로 보였다. 그 정당화는, 동시에 어떤 극단적인 헐벗음은 항상 세계의 화려함, 풍요와 만난다는 사실을 아는 모든 사람들의 정당화이기도 하다는 것을 나는 부인하기 어려웠다. 돌기둥들과 꽃들 사이에 갇혀 사는 그 프란체스코 수도사들의 삶과 알제의 파도바니 해변에서 일 년 내내 햇볕을 쬐며 지내는 젊은이들의 삶 속에서 나는 어떤 공통된 울림을 느낄 수 있었다. 그들의 헐

* Fiesole. 피렌체 북동쪽 8킬로미터 거리의 언덕 위에 있는 작은 마을로 피렌체 시내가 한눈에 내려다보인다. 카뮈는 《작가수첩 1》의 1937년 9월 15일 자에 피에솔레 방문 기록을 남겼다.

벗은 삶은 더 큰 삶을(또 다른 삶, 즉 내세가 아니라) 위한 것이다. 적어도 그것이 "헐벗음dénuement"*이라는 말의 유일하고 적절한 용법이다. 벌거벗음은 언제나 어떤 육체적 자유의 의미를, 손과 꽃들 사이의 일치를, 인간성에서 해방된 인간과 대지의 저 연인 사이와도 같은 공감을 간직하고 있다. 아! 그 공감이 아직 나의 종교가 아니라면 나는 그 종교로 기꺼이 개종하리라! 아니다. 이것이 신성모독일 수는 없다. 조토가 그린 산프란체스코 성인들의 저 내면적인 미소가 바로 행복을 추구하는 사람들을 정당화한다고 말하더라도 그것 역시 신성모독이 될 수는 없다. 왜냐하면 종교 쪽에서 본 신화는, 진실 쪽에서 본 시와 같은 것으로, 삶의 정열에 덧씌운 우스꽝스러운 가면들이기 때문이다.

한 걸음 더 나아가서 생각해볼까? 피에졸레에서 빨간 꽃들을 앞에 두고 사는 바로 그 사람들이 그들의 작은 방안에는 해골을 갖다 놓고 명상의 자양분으로 삼는다. 그들의 창문 밖에는 피렌체가, 탁자 위에는 해골이 있다. 절망 속에서 어느 정도 계속 지내다 보면 기쁨이 생겨날 수도 있다. 어떤 삶의 온도에서는 영혼과 피가 한데 섞이면서 의무에도 신앙에도 다 같

* 수도사의 무소유 고행과 동시에 바닷가에서 벗은 몸을 햇빛에 드러낸 체 수영을 즐기는 알제 젊은이들의 나체 상태를 의미한다.

이 무관심한 채 모순들 가운데서도 편히 살게 된다. 그래서 나는 이제 피사의 어느 담벼락 위에 누군가 겁 없는 손길로 자기의 기이한 명예 관념을 요약하듯 '나 알베르토는 내 누이와 잔다네Alberto fa l'amore con la mia sorella'라고 써갈겨놓은 것을 보고도 놀라지 않는다. 이탈리아가 근친상간의 땅, 아니 더 의미심장한 면이지만, 적어도 내놓고 고백하는 근친상간의 땅이라는 사실에 더는 놀라지 않는다. 왜냐하면 아름다움에서 불멸로 가는 길은 험난하지만 확실한 길이기 때문이다. 지성이 아름다움 속에 빠지면 허무를 양식으로 삼는다. 목을 조이는 것 같은 이 장대한 풍경들 앞에서는 인간의 사념들 하나하나가 인간에 대한 한 번씩의 부정이다. 그래서 이 많은 무거운 확신들에 의해 거부되고 뒤덮이고 또 뒤덮여 흐려진 나머지 이 세계 앞에는 저 형태를 알 수 없는 반점밖에 남은 것이 없고 그 반점이 아는 진실이라고는 수동적인 진실, 혹은 그 색깔이나 태양뿐이다. 이토록 순수한 풍경들은 영혼을 메마르게 하고 그 아름다움은 견딜 수가 없다. 이 돌과 하늘과 물의 복음서들에는 부활하는 것은 아무것도 없다고 써 있다. 찬란함이 가슴에 느껴지는 사막 깊숙한 곳에서는 이제부터 이 고장 사람들에게 유혹이 시작된다. 고귀함의 대장관을 눈앞에 보며, 아름다움이라는 희박한 공기를 마시며 성장한 정신들이, 위대함은 선善의 합일을 잘 믿지 못한다 한들 무엇이 놀랍겠는가? 지성은 그 지성을 완전한 것으로 만들어줄 신이 없으면 지성을 부정하는 것에서 신을 찾으려 한다. 바티칸의 권좌에 오르자 보르지아 교황은 소리친다. "신께서 우리에게 교황의 지위를 주셨으니, 자, 이제 서둘러 그 지위를 누릴 일이로다." 그리고 그는 자기가 말한 그대로 했다. '서둘러'라는 말은 실로 적절한 표현이다. 우리는 이미 거기서 포만감에 취한 인간들 특유의 절망을 느낀다.

어쩌면 내가 잘못 생각하는지도 모른다. 요컨대 나는 피렌체에서 행복했고, 나 이전에도 많은 다른 사람들이 그랬으니 말이다. 그러나 행복이란 한 존재와 그가 영위하는 삶 사이의 단순한 일치, 바로 그것이 아니겠는가? 또 오래도록 살고자 하는 욕망과 반드시 죽게 마련인 운명에 대한 이중의 의식 말고 인간을 그의 삶에 이어주는 더 정당한 일치가 또 어디 있겠는가? 여기서 우리는 적어도 그 어떤 것에도 기대를 걸지 않는 것을, 그리하여 현재를 우리에게 '덤으로' 주어진 유일한 진실로 여기는 것을 배운다. 이탈리아, 지중해, 모든 것이 인간의 척도에 맞는 유구한 땅이라는 말을 나는 듣곤 한다. 그러나 거기가 어딘가? 내게 그 길을 가르쳐달라. 내가 두 눈을 크게 뜨고 나의 척도와 나의 만족을 찾도록 해 달라! 아니 벌써 눈에 보인다. 피에졸레, 제밀라, 그리고 햇빛 쏟아지는 항구들이. 인간의 척도? 침묵과 죽은 돌들. 그 밖의 것은 모두 역사에 속한다.

그러나 여기서 그쳐서는 안 된다. 왜냐하면 무슨 일이 있어도 행복은 낙관주의와 불가분의 관계여야 한다고 운명적으로 정해진 것은 아니니까. 행복은 사랑과 이어져 있다. 낙관주의와 사랑, 이 둘은 전혀 다른 것이다. 어떤 시간, 어떤 장소에서는 행복이 너무나 쓰디쓴 것이어서 차라리 행복 그 자체보다는 행복의 약속이 더 나아 보인다는 것을 나는 알고 있다. 그러나 그것은 그 시간, 그 장소들에서 내가 사랑을 할 만한, 즉 단념하지 않을 만한 넉넉한 마음을 가지지 못했기 때문이다. 여기서 말해야 할 것은 인간이 대지와 아름다움의 축제들 속으로 들어가는 순간에 대해서다. 그 순간, 인간은 마치 신입 신도가 그의 마지막 베일을 벗듯이 신 앞에서 자신의 푼돈 같은 자기의 인격을 포기하니까 말이다. 그렇다. 행복이 하찮아 보이는 보다 더 높은 행복이 존재한다. 피렌체에서 나는 보볼리공원의 가장 높은 꼭대기, 몬테올리베토동산과 도시의 고지대가 지평선 저 끝까지 한눈에 들어오는 전망대로 올라가보았다. 그 언덕들마다 올리브나무들이 작은 연기처럼 뿌옇게 보였고 그 올리브숲의 옅은 안개 속에서 뿜어오르는 듯한 사이프러스 나무들의 더 단단한 윤곽이 두드러졌다. 가까이 있는 것들은 녹색, 멀리 있는 것들은 검은색이었다. 짙은 푸른색이 눈에 띄는 하늘에는 굵은 구름들이 반점처럼 찍혀 있었다. 오후가 저물어가면서 은빛 광선이 떨어지고 모든 것이 잠잠해졌다. 언덕들의 꼭대기가 처음에는 구름 속에 잠겨 있었다. 그러나 미풍이 일면서 내 얼굴에 그 바람결이 느껴졌다. 미풍과 더불어 그 언덕들 뒤쪽에서 구름 떼가 마치 막이 열리듯 갈라졌다. 동시에 꼭대기의 사이프러스나무들이 갑자기 드러난 푸른빛에서 단숨에 분수처럼 솟구치는 것 같았다. 그 나무들과 함께 언덕 전체, 그리고 올리브나무들과 돌들의 풍경이 서서히 솟아올랐다. 다른 구름 떼가 몰려왔다. 무대의 막이 다시 닫혔다. 그러자 언덕은 그곳의 사이프러스나무들, 집들과 함께 다시 내려앉았다. 이윽고 또다시, 그리고 더 먼 곳에 점점 더 흐릿해지는 다른 언덕들 위로, 같은 미풍이 여기서는 가장 촘촘한 주름들을 펴고, 저쪽에서는 주름들을 다시 접었다. 세계의 이 거대한 호흡운동 속에서 같은 숨결이 몇 초 간격으로 들고 나면서 세계 전체 차원의 어떤 둔주곡을 연주하는 가운데 이따금 돌과 공기의 주제를 되풀이했다. 주제는 매번 한 음계씩 낮아졌다. 그 곡조를 조금 더 멀리까지 따라가면 그때마다 내 마음이 조금씩 더 차분해졌다. 가슴 깊이 닿아오는 이 전망의 끝에 이르면서 나는 다 함께 호흡하며 먼 곳으로 사라져가는 언덕들, 그리고 그 언덕들의 사라짐과 더불어 대지 전체의 노래와도 같은 것을 한눈에 껴안았다.

이미 수없이 많은 눈들이 이 풍경을 응시했다는 것을 나는 알고 있었다. 내게는 그것이 마치 하늘의 첫 미소 같았다. 그것은 말의 깊은 의미에서 나를 나의 밖으로 꺼내놓았다. 그 풍경은 내 사랑과 이 아름다운 돌의 외침이 없다면 모든 것이 다 무용하다는 것을 내게 확신시켜줬다. 세계는 아름답다. 이 세계를 떠나서 구원은 없다.* 그 풍경이 내게 차근차근 가르쳐주는 위대한 진실은 바로 정신은 아무것도 아니라는 것, 마음 또한 아무것도 아니라는 것이다. 그리고 햇빛에 따뜻해진 돌 혹은 구름이 걷힌 하늘을 배경으로 솟아오르는 사이프러스나무, 바로 그것이 '옳다'라는 말이 어떤 의미를 가지는 유일한 세계, 즉 인간이 없는 자연의 경계선이라는 것이다. 그리고 이 세계는 나를 무화無化한다. 그것은 나를 극한까지 밀어간다. 성내지 않은 채 나를 부정한다. 피렌체의 들판에 내리는 저녁 빛에서 나는 어떤 예지를 향해 나아가고 있었다. 내 두 눈에 눈물이 고이지 않았더라면, 내 속에 차오르는 시의 소리 높은 흐느낌이 세계의 진실을 망각하게 하지 않았더라면, 이미 모든 것이 정복당해버린 세계인 예지를 향해.

더 이상 나가지 말고 이 균형점에서 멈춰야 할 것이다. 그 절묘한 순간, 영성靈性은 도덕을 부정하고, 행복은 희망의 부재에서 태어나며, 정신은 육체에서 근거를 발견한다, 진실은 어느 것이나 그 안에 쓴맛을 담고 있다고 한다면 부정은 어느 것이나 '긍정'이 피어남을 품고 있다고 할 것이다. 그렇다면 관조

* "나는 이 세계 속에서 행복하다. 나의 왕국은 이 세계의 것이기 때문이다." (《작가수첩 1》) "지금 이 시각 나의 왕국은송두리째 이 세계의 것이다." (《안과 겉》)

에서 태어나는 저 희망 없는 사랑의 노래 역시 가장 효과적인 행동 규범의 형상화일 수 있다. 피에로 델라 프란체스카의 그림 속에서 부활해 무덤 밖으로 나오는 그리스도의 시선은 인간의 것이 아니다. 그의 얼굴에 행복한 빛은 전혀 보이지 않고 완강하면서도 영혼 없는 어떤 위대함이 나타나 있을 뿐인데 나는 그것이 곧 살려는 결의라고 생각하지 않을 수 없다. 현자는 백치와 마찬가지로 별로 말이 없는 법이니 말이다. 이러한 순환 현상은 나는 황홀하게 한다.

그러나 이런 교훈을 나는 이탈리아 덕에 얻었을까, 아니면 나 자신의 마음에서 이끌어냈을까? 그 교훈이 내게 나타난 곳은 분명 거기다. 그러나 그것은 이탈리아가 다른 선택받은 곳들과 마찬가지로, 그래봤자 결국 인간들은 죽게 마련인 땅의 아름다운 장관을 나에게 보여주기 때문이다. 여기서도 역시 진리는 썩어서 없어질 수밖에 없다. 이보다 더 흥미로운 것이 또 있을까? 비록 내가 그런 진리를 원한다 한들 결국은 썩어 없어지지 않는 진리를 무엇에 쓰겠는가? 그런 진리는 내 척도에 맞지 않는다. 그런 진리를 사랑한다면 그것은 가식일 것이다. 한 인간이 자기 삶의 내용이었던 것을 포기하는 것은 절대로 절망 때문이 아니라는 점을 우리는 잘 이해하지 못한다. 무모한 결심과 절망으로 해서 다른 삶들에 끌린다지만 그것은 이 땅의 교훈에 대한 끓어오르는 애착을 표시할 뿐이다. 그러나 명철한 정신이 어느 정도에 이르러 자신의 가슴이 꽉 막히는 것을 느낀 한 인간이 반항의 의지도 딱히 바라는 것도 없이 지금껏 바로 자기의 삶이라고 여겼던 것, 즉 그의 몸부림에 등을 돌려버릴 수 있다. 랭보가 단 한 줄의 시도 쓰지 않은 채 결국 아비시니아로 가고 만 것은 모험 취미나 절필 결심 때문이 아니다. 그저 '사정상 그렇게 되었기 때문'이고, 의식의 어느 한 계점에 이르면 우리는 각자의 소명에 따라, 지금까지는 절대로 이해하지 않으려고 애썼던 것을 달게 받아들이고 말기 때문이다. 이쯤 하면 여기서 우리의 주된 관심이 어떤 사막의 지리학에 착수해보려는 데 있다는 것을 독자들은 눈치챌 것이다. 그러나 그 이상한 사막은 자신의 목마름을 기만하지 않고 사막 속에서 살아갈 수 있는 사람들만이 느끼는 사막이다. 그때야, 오직 그때야 비로소 사막에 시원한 행복의 물이 가득히 차오를 것이다.

보볼리공원에는 내 손이 닿을 듯 가까이 금빛의 굵은 감들이 달려 있었는데 껍질이 터진 과육에서 진한 단물이 흘러나오고 있었다. 이 가벼운 언덕으로부터 단물이 잔뜩 고인 저 과일들에까지, 나를 세계와 하나가 되게 해주는 이 은밀한 우정으로부터 내 손 위로 늘어진 저 오렌지빛 과육 쪽으로 나를 밀어 올리는 시장기에까지, 나는 어떤 사람을 금욕에서 쾌락으로, 헐벗음에서 관능의 범람으로 인도해가는 그 흔들림 속의 균형을 깨닫는다. 나는 인간을 세계와 하나로 맺어주는 저 매듭과 이중의 반영 현상에 경탄을 금치 못했고, 지금도 그렇다.

그 이중의 반영 속에서는 세계가 나의 행복을 완성할 수도 있고 파괴할 수도 있는, 분명한 한계점까지, 내 마음이 개입해 그 행복을 규정할 수 있다. 피렌체! 내 반항의 한가운데에 어떤 동의同意가 잠재하고 있음을 깨닫게 해준 유럽의 몇 안 되는 고장 중 하나다. 눈물과 태양이 한데 섞인 이곳 하늘에서 나는 이 땅에 동의하며 그 땅의 축제의 어두운 불꽃 속에 타오르는 법을 배웠다. 내가 실감한 것은…. 그러나 무슨 말을? 무슨 무분별을? 사랑과 반항의 합일을 어떻게 엄숙히 선언한단 말인가? 대지여! 정신들이 비우고 떠난 이 거대한 사원 속에서 내 모든 우상들은 진흙으로 빚은 발*을 지녔다.

(끝)

* 신 없는 세계, 흙으로 빚은 인간만의 세계, 나아가 젊은 카뮈의 무신론적 세계를 암시한다.

# 여름*

* 카뮈는 〈여름〉에 붙인 서평의뢰서prière d'insérer에 이렇게 썼다. "이 책은 1939년에서 1953년에 걸쳐 쓴 산문들을 모은 것이다. 이 글들의 공통된 뿌리는 명확하다. 이 글들은, 비록 서로 다른 시각에서 바라보고 있지만, 모두가 다 '홀로solitaire'라는 개별성의 주제를 다루고 있다. 이 주제는 저자의 초기작들 가운데 하나인, 1938년의 〈결혼〉의 주제이기도 하다. 20년 세월이 지나 〈결혼〉에 실린 글들은 그러므로 그들 나름대로 어떤 길고 변함없는 추구의 길을 증언하고 있는 셈이다." 그는 또한 자신에 대한 최초의 중요한 연구서를 발표한 로제 키요에게 보낸 1956년 1월 21일자 편지에서 다음과 같이 명시했다. "당신의 연구가 〈여름〉에서, 그리고 나의 40세에서 멈춘 것은 충분한 이유가 있습니다. 왜냐하면 비록 순전히 우연이긴 하지만 이 해는 나의 창작작업과 삶에 있어서 일종의 전환점이기 때문입니다." 1953년 이후 카뮈는 앞서의 '부조리'와 '반항'의 사이클에서 '사랑'과 '절도'의 사이클로 진입하며 그의 마지막 미완성 유작인 《최초의 인간》의 집필 준비를 시작한다.

그러나 너는 청명한 날을 위하여 태어났으니…

—횔덜린

## 작가의 말

이 에세이는 1939년에 쓴 것이다. 오늘날 오랑이 어떤 모습일지 판단하려면 독자는 이 점을 기억해야 할 것이다. 이 아름다운 도시에서 터져 나오는 격렬한 항의들로 보아 사실 나는 모든 미흡한 점들이 개선되었다는(아니면 될 예정이라는) 것을 굳게 믿는 바이다. 반면에 이 에세이가 예찬하는 아름다움들은 소중하게 보존되었다. 행복하고 현실주의적인 도시 오랑은 이제 더 이상 작가들을 필요로 하지 않는다. 이 도시는 관광객들을 기다린다.

(1953)

# 미노타우로스 또는 오랑에서 잠시*

피에르 갈랭도**에게

이제 더 이상 사막은 없다. 섬들도 더는 없다. 그렇지만 그것들에 대한 아쉬움은 느껴진다. 세계를 알려면 가끔 딴 데로 고개를 돌려야 한다. 사람들을 더 잘 모시려면 한동안 그들과 떨어져 있어야 한다. 그러나 그러한 힘을 얻는 데 필요한 고독

* 이 글의 세 가지 판본(타이핑한 원고, 1946년 2월호 〈라르슈L'Arche〉에 실린 첫 인쇄본, 1950년 샤를로 출판사에서 발행한 책)의 머리에는 앙드레 지드의 〈선입견 없는 정신〉에서 따온 대목을 제사로 달아 놓았다. "나는 미노스 왕의 궁정에 있는 그를 상상해보며 미노타우로스가 대체 어떤 종류의 가까이하지 못할 괴물인지 몹시 궁금하다. 그가 그토록 끔찍한 자일까, 아니면 오히려 매력 있는 존재는 아닐까?"

** Pierre Galindo. 카뮈의 초기 원고들을 타이핑해준 크리스티안 갈랭도의 오빠로 카뮈가 1939년 가을 오랑에 머물고 있을 때 어울려 지냈던 단짝 친구들 중 한 사람으로 《이방인》의 주인공 뫼르소의 모델이었다는 설이 있고, 파리가 해방되었을 때 카뮈와 함께 콩바에서 일했다.

을, 정신이 집중되고 용기가 가늠되는 긴 호흡을 어디서 찾아낼 것인가? 남은 것은 대도시들이다. 다만 거기에도 조건들이 필요하다.

유럽이 우리에게 보여주는 도시들은 지나치게 과거의 소음들로 가득 차 있다. 숙련된 귀라면 거기서 날갯짓 소리와 영혼들의 움직임을 감지할 수 있다. 거기서는 혁명들과 영광으로 점철된 여러 세기의 현기증이 느껴진다. 거기서는 서양이 아우성 속에서 단련되었다는 사실을 기억하게 된다. 그러다 보니 도무지 조용하지 않다.

파리는 흔히 가슴에는 사막으로 느껴지지만, 어떤 시간, 페르 라셰즈 언덕 꼭대기*에서 혁명의 바람이 일어 그 사막을 갑자기 깃발들과 실패한 영광들로 가득 채운다. 스페인의 어떤 도시들이나 피렌체나 프라하도 마찬가지다. 잘츠부르크는 모차르트가 없으면 조용할 것이다. 그러나 이따금 잘차흐강에는 지옥에 빠지는 돈 조반니의 요란하고 거만한 비명이 떠다닌다. 빈은 더 조용해 보이는지라 도시들 중에서는 아가씨 격이다. 그곳의 돌들은 3세기를 넘지 않았고 그곳의 젊음은 우울을 모른다. 그러나 빈은 역사의 교차로에 있다. 그 둘레에서는 제

* 파리 북쪽 고지대에 위치한 거대한 공동묘지로 파리 코뮌 때 많은 혁명적 시민들이 희생된 자취를 간직하고 있다.

국들이 충돌하는 소리가 진동한다. 하늘이 피로 물드는 어떤 저녁날이면, 링의 기념건축물들 위에 돌로 조각한 말들이 날아오를 것 같다. 모든 것이 권세와 역사를 말하는 이 덧없는 한순간 속에서, 쇄도하는 폴란드 기병대의 말발굽 아래 오스만제국이 요란스레 무너지는 소리를 뚜렷이 들을 수 있다. 그래서 이곳 역시 그다지 조용하지 않다.**

물론 사람들이 유럽의 도시들에 와서 찾는 것은 바로 이 속이 꽉 찬 고독이다. 적어도 자신이 무엇을 해야 할지 아는 사람이라면 말이다. 그들은 거기서 길동무들을 골라잡아 취하거나 버릴 수가 있다. 얼마나 숱한 사람들이 그들의 호텔 방과 생루이섬***의 해묵은 돌들 사이를 오가며 시간 가는 줄 모르고 지냈던가! 또 다른 사람들은 거기서 외톨이가 되어 죽을 지경인 것도 사실이다. 전자들은 어쨌든 거기서 성장하고 자신감을 가질 이유들을 발견했다. 그들은 혼자면서도 혼자가 아니었던 것이다. 수 세기에 걸친 역사와 아름다움, 지나간 숱한 삶들의 뜨거운 증거가 센강을 따라 그들을 동반하며 긴 전통과 무수한 정복의 이야기를 한꺼번에 들려줬다. 그러나 그들의 젊음

** 카뮈는 1936년 여름, 프라하, 잘츠부르크, 빈, 그리고 1937년 9월 피렌체로 여행했다.

*** 파리 센강 가운데 있는 두 개의 자연 섬 중의 하나로 17~18세기 귀족들이 살던 저택들이 많이 있어 관광객들이 즐겨 찾는다.

이 그들을 부추겨 그 길동무들을 부르게 했던 것이다. 그 길동무가 성가시게 느껴지는 때와 시대들이 있다. "우리 둘의 대결이다!" 파리라는 도시의 거대한 부패상을 앞에 두고 라스티냐크는 외친다.* 둘, 그렇다, 하지만 둘도 너무 많다!

사막 자체는 어떤 뜻을 지니고 있었는데 사람들이 거기에 시詩를 과도하게 덧씌웠다. 사막은 세상의 온갖 고통들에 아주 딱 들어맞는 적소다. 어떤 순간에 사람의 마음이 찾는 것은 그와는 반대로 바로 시가 없는 곳이다. 데카르트는 조용히 명상에 잠길 필요가 있게 되자 자기 나름의 사막을 택한다. 당시 아주 상업적이었던 도시를 말이다. 그는 거기서 그의 고독과 우리의 씩씩한 시들 중에서도 가장 위대한 시를 쓸 기회를 찾아낸다. "첫째(원칙)는 내가 명백히 진실이라고 알 수 있는 것이 아니면 결코 아무것도 진실로 받아들이지 않는 것이었다."**

라는 시 말이다. 야심은 그만 못해도 그에 못지않은 향수는 지닐 수 있다. 그러나 암스테르담은 3세기 전부터 미술관들로

* 오노레 드 발자크의 소설 《고리오 영감》의 주인공 라스티냐크는 그 마지막 장면에서, 시골로부터 상경하여 19세기 전반기 부패한 파리의 혼란스러운 삶을 전신으로 경험한 젊은이답게, 고리오 영감을 페르 라셰즈 묘지에 매장하고 나서, 파리 시내를 내려다보며 "이제 우리 둘의 대결이다À nous deux!"라고 외치고 그 대도시와의 대결과 정복을 다짐한다.

** 데카르트 《방법서설》 제2부. 데카르트는 "당시의 가장 상업적인 도시" 암스테르담에 머물며 이 유명한 책을 집필했다. 카뮈는 1954년 10월에 암스테르담을 처음 방문했다.

뒤덮이게 되었다. 시를 피해 돌의 평화를 다시 찾아내려면 다른 사막들, 영혼도 의지할 곳도 없는 딴 장소들이 있어야 한다. 오랑은 그런 곳 중 하나다.

## 거리

나는 오랑 시민들이 자기네 도시에 대해 불평하는 소리를 자주 들었다. "여긴 재미있는 모임들이 없어." 아니! 무슨 말씀, 그런 것을 바랄 리가 없을 텐데! 몇몇 인사들이 이 사막에다 다른 세계의 풍습을 도입해보려고 시도한 적이 있다. 여럿이 모이지 않고서는 예술이나 사상을 제대로 받들어 모실 수는 없다는 원칙에 충실해야겠다는 뜻이었다.*** 그 결과 유익한 모임이랍시고 남은 것이 포커꾼들이나 복싱 팬들, 쇠공굴리기 애호가들, 지방 사교모임들이다. 그런 곳에는 그래도 자연스러운 분위기가 있다. 어쨌든 고상함의 추구와는 무관한 어떤 위대함이 존재한다. 위대함은 본래 비생산적이다. 그래서 그것을 찾는 이들은 그러한 '모임'을 외면하고 거리로 나간다.

오랑의 골목길들은 먼지와 자갈과 더위에 내맡겨져 있다.

*** 오랑에서는 고골의 희곡 〈검찰관〉의 등장인물 흘레스타코프와 종종 마주치게 된다. 그는 하품하고 나서 말한다. "뭔가 좀 고상한 일을 추진해봐야 할 텐데." (원주)

거기에 비가 오면 홍수요 진흙 바다다. 그러나 비가 오건 볕이 나건 상점들은 변함없이 괴상하고 황당한 모습 그대로다. 유럽과 중동의 모든 저질 취향들이 거기에 한데 모였다. 거기에는 대리석으로 깎은 그레이하운드, 백조의 깃털을 두른 발레리나, 초록색 셀룰로이드제 사냥의 여신 디아나들, 원반던지기 선수며 추수하는 사람들 등 생일이나 결혼 선물용의 모든 것, 상술과 익살의 천재가 우리네 벽난로 위로 끊임없이 쏟아놓게 하는 저 모든 서글픈 군상들이 뒤죽박죽으로 널려 있다. 그러나 저질 취향에 기울인 이 열정이 여기서는 바로크적 겉모습을 띠고 있어서 그 모든 것이 다 용서된다. 먼지투성이 작은 상자에 담겨 어느 쇼윈도에 전시된 물건들은 다음과 같다. 뒤틀린 발을 빚은 끔찍한 석고상, '한 장에 150프랑 헐값'에 내놓은 렘브란트의 데생 묶음, '요술상자'들, 삼색 지갑들, 18세기 파스텔화, 플러시 천으로 만든 자동 당나귀, 녹색 올리브 보관용 프로방스 물병들, 외설스러운 미소가 역겨운 동정녀 목상(못 알아보는 사람이 없도록 '주인 측'이 그 발치에 안내표시를 붙여두었다. '동정녀 목상').

오랑에서 볼만한 것들.

1. 때가 묻어서 반들반들해진 카운터에 파리 다리와 날개가 흩뿌려진 카페들, 홀은 늘 텅 비었어도 언제나 미소 짓는 주인장. '작은 블랙커피' 한 잔에 12수, 큰 잔은 18수.

2. 인화지 발명 이후 기술 진보가 멈춘 사진관들. 그곳에는 까치발 다리 탁자에 팔꿈치를 괴고 있는 가짜 뱃사람에서부터 숲을 배경 삼아 흉한 차림새로 두 팔을 건들거리는 결혼 적령기의 아가씨에 이르기까지, 길거리에서는 볼 수 없는 괴상한 족속들을 전시해놓고 있다. 실물 사진이 아니라 창작일 거라고 짐작할 수 있다.

3. 의미심장하다 싶을 만큼 수가 많은 장의사들, 오랑이 다른 곳보다 사망자가 더 많아서가 아니라 단지 죽음을 놓고 더 야단법석이어서 그럴 것으로 짐작된다.

이 장사꾼들의 악의 없는 순진함은 광고에까지 드러난다. 오랑의 어느 영화관 광고 전단은 이떤 삼류 영화의 개봉 예정 소식을 전한다. '호화판', '멋들어진', '범상치 않은', '화려한', '놀라 자빠질', 그리고 '기막힌' 따위의 형용사들이 눈에 띈다. 끝으로 영화관 측은 이 놀라운 "작품"을 관객들에게 제공하기 위해 막대한 희생을 감당해야 했음을 알린다. 그러나 관람료 인상은 없을 것이다.

단지 남프랑스 특유의 허풍 떠는 버릇이 여기까지 미친 것뿐이라고 여긴다면 오산일 것이다. 정확히 말해서 이런 기막힌 전단을 만든 사람들은 그들의 심리학적 센스를 입증하고 있다. 문제는, 두 가지 구경거리나 두 가지 직업 중에서, 더 흔하게는, 심지어 두 여자 중에서 어느 한쪽을 선택해야할 때면, 이곳 사람들은 이내 심드렁하고 극도로 무감각한 태도를 보이는데, 이걸 이겨내야 한다는 것이다. 이곳 사람들은 강요당해야 비로소 마음을 정한다. 광고는 그 점을 잘 알고 있다. 광고는 미국풍으로 변해 갈 것이다. 여기서나 거기서나 마찬가지로 극성을 부려야 일이 되기 때문이다.

끝으로, 오랑의 길거리는 이곳 청년들이 가장 중요하게 여기는 두 가지 즐거움을 알려주는데 그건 바로 구두를 닦는 일과 그 구두를 신고 대로를 활보하는 일이다. 그중 첫 번째 즐거움이 뭔지 정확히 알려면, 일요일 아침 열 시, 갈리에니대로의 구두닦이들에게 구두를 맡겨봐야 한다. 높은 팔걸이의자에 올라앉아 내려다보면, 오랑의 구두닦이들에게서 분명히 볼 수 있으며 문외한이라도 실감하는, 자기 직업을 사랑하는 사람들의 실연實演 특유의 각별한 만족감을 음미할 수 있을 것이다. 세세한 것까지 전부 공들여 갖춘 것들이다. 여러 개의 솔, 세 가지의 서로 다른 헝겊 쪽, 휘발유를 묻힌 구두약. 부드러운 솔질 끝에 생겨나는 완벽한 광택을 보고 작업이 끝났다고 여기기 쉽다. 그러나 필사적인 같은 손이 광이 나는 구두 표면에 또 구두약을 발라 문질러서 광을 죽인 뒤 가죽 속에까지 크림이 배어들도록 하면 그때 비로소 같은 솔질로 가죽 저 깊숙한 곳으로부터 진짜로 결정적인 이중의 광택이 솟아나게 된다.

이렇게 얻어낸 경이로운 효과들이 이번에는 전문가들 눈앞에 전시된다. 대로에서 얻는 이런 즐거움들을 음미하려면, 저녁마다 이 도시의 간선 도로에서 열리는 젊은이들의 가장무도

회에 나가보는 것이 좋다. 과연, 열여섯 살에서 스무 살 사이의 오랑 '사교계' 젊은이들은 미국 영화를 흉내내어 나름 멋을 부린 복장으로 만찬에 가기 전에 변장한다. 왼쪽 귀 위에서 삐딱하게 기울여서 오른쪽 눈 위로 꺾어 쓴 펠트 모자, 그 밑으로 삐져나온 포마드 바른 웨이브 머리, 머리카락에 닿을 만큼 큼지막한 칼라에 꽉 조여진 목, 핀을 꽂아 똑바로 고정한, 극도로 작은 넥타이 매듭, 웨이스트가 엉덩이까지 내려오는 마이크로 미니 자켓, 밝은색의 짧은 바지, 세 겹 밑창 위에서 번쩍이는 구두, 이런 젊은이들이 저녁마다 태연하고 의젓하게 인도를 지나며 징 박은 구두 끝을 울려댄다. 그들은 매사에 클라크 게이블*의 거동과 솔직함과 우월감을 흉내내려고 열을 올린다. 그래서 이 도시의 비판적인 인사들은 이런 청년들을, 발음이야 아무러면 어떠냐면서, '클라르크'족이라 별명 붙여 부른다.

어쨌든, 오후가 저물어갈 무렵, 오랑의 대로들은 불량소년처럼 보이려고 한껏 안달인 귀여운 청소년 군단에 점령당한다. 오랑 아가씨들은 자기들이 언제나 이런 다정한 강도들에게 약속된 몸이라고 느끼는지라 그들 역시 미국 유명 여배우

* Clark Gable(1901~1960). 게리 쿠퍼와 함께 고전 할리우드를 대표하는 미남 배우. 1930년대에 엄청난 인기와 스타성을 자랑하며 '할리우드의 제왕'으로 군림, 특히 카뮈가 이 글을 쓰던 해인 1939년에 제작된 〈바람과 함께 사라지다〉로 명성을 떨쳤다.

들의 화장과 우아함을 표방한다. 따라서, 앞서 말한 심술궂은 인사들은 그녀들을 '마를렌'*족이라고 부른다. 그래서 저녁때의 대로 위에서 새들의 우짖는 소리가 야자나무에서 하늘로 솟아오를 무렵이면, 한 시간 동안 완벽한 삶의 현기증에 몸을 내맡긴 채, 살아서 행복하고 남의 눈에 보여서 행복한 약 수십 명의 클라르크와 마를렌이 만나서 서로 재보고 서로 저울질해 본다. 이건 그야말로 미국위원회 모임에 참석하는 격이라고, 질투하는 이들은 말한다. 하지만 그 말에는 이와 같은 놀이에 끼지 못하게 된 서른 살 넘은 꼰대들의 씁쓸한 뒷맛이 느껴진다. 그들은 젊음과 낭만이 날마다 모여 개최하는 이 회의들이 뭔지 모른다. 이건 사실 힌두 문학에 나오는 새들의 의회다. 그러나 오랑의 대로 위에서는 존재의 문제는 들먹거리지 않으며, 완전에 이르는 길을 찾아 애를 태우지도 않는다. 있는 것은 오직 날개 치는 소리, 깃털 장식을 한 둥근 바퀴들, 아양 떨거나 으스대는 우아함, 어둠과 더불어 사라지는 천진난만한 노래의 광채뿐이다.

여기서 내 귀에는 흘레스타코프의 말이 들리는 것 같다. "뭔

* Marlene Dietrich(1901~1992). 미국의 할리우드에서 활동한 독일 출신의 전설적 여배우. 1930년 영화 〈푸른 천사〉, 〈타버린 가슴〉의 팜므 파탈 주인공으로 알려졌고 1937년 미국으로 망명하여 배우 및 가수로 활약했다.

가 좀 고상한 것에 몰두해야 할 텐데." 맙소사! 그는 충분히 그럴 수 있는 위인이다. 그를 부추겨보라, 그러면 몇 해 안에 이 사막을 사람으로 가득 채울 테니. 그러나 지금으로서는 다소 은밀한 영혼의 소유자라면 이 평온한 도시에서 해방감을 맛봐야 한다. 얼굴엔 분을 발랐어도 감정을 분장할 줄 모르고 교태가 너무 서툴러서 속셈이 금방 들통나는 아가씨들이 떼 지어 지나가는 이 도시에서 말이다. 고상한 그 무엇에 몰두한다고! 차라리 바라보라. 바위로 깎은 산타크루스**를, 산들을, 잔잔한 바다를, 사나운 바람과 태양을, 부두의 대형 기중기들을, 기차들을, 창고들을, 부두와 도시의 암벽을 기어오르는 어마어마한 비탈들을, 그리고 시내 길거리 자체에서는 이 놀이와 권태를, 이 법석과 고독을. 하기야 이런 모든 것은 그다지 고상하지 않다. 그러나 이 인구 과잉의 섬들이 지닌 엄청난 가치는 그곳에서 마음이 벌거벗는다는 점이다. 이제 침묵은 오로지 시끄러운 도시에서만 가능하다. 데카르트는 암스테르담에서 옛 귀에 드 발자크에게 편지를 보낸다. "나는 날마다 엄청난 무리의

** Santa Cruz. 오랑 시와 그 앞 바다를 굽어보는 뒷산. 카뮈는 《작가수첩 1》 1941년 3월 18일 자로 이렇게 적는다. "산타크루스와 소나무 숲을 거쳐 등산. 무심함. 나 역시 내 나름의 순례를 했다." 예수 승천절 때면 많은 순례객들이 이 산 위에 있는 산타크루스 성당을 찾아 산을 오른다. 장 그르니에는 1937년 샤를로 출판사에서 에세이 〈산타크루스와 기타 아프리카 풍경〉을 발표했다.

인파가 뒤섞인 혼잡 속으로, 그대가 그대의 오솔길에서 누리는 것 못지않은 자유와 휴식을 맛보러 산책을 나섭니다."*

**오랑의 사막**

놀라운 절경을 눈앞에 두고 살아가도록 강요받은 나머지 오랑 시민들은 그 시련을 이겨내기 위하여 보기 흉한 건축물들로 그들의 도시를 뒤덮어버렸다. 사람들은 바다를 향해 활짝 열려있고 저녁의 미풍에 씻기는 시원한 도시를 기대한다. 그런데 정작 만나게 되는 것은 스페인 사람들의 동네를 제외하고는**, 바다에 등을 돌린 채 달팽이 껍질처럼 길을 따라 빙빙 돌아가도록 된 시가지다. 오랑은 단단한 하늘이 뚜껑처럼 덮고 있는 누런 원형의 거대한 담장이다. 처음에 사람들은 미로 속에서 헤매며 아리아드네***의 신호인 양 바다를 찾아다닌다.

* 아마도 이 뜻깊은 말을 기억했는지, 강연 및 토론을 주선하기 위하여 조직된 오랑의 한 협회는 '코기토 클럽'이라는 간판을 달았다.(원주) 드 발자크 제후인 장루이 귀에(1595-1654)에게 데카르트가 1611년 5월 5일에 보낸 편지. 당시 36세였던 이 인물을 19세기의 소설가와 구별하기 위해 카뮈는 여기서 "옛 귀에 드 발자크"라고 지칭한 것이다.

** 그리고 새로이 닦은 퐁로드메르 대로를 제외하고는.(원주)

*** 그리스 신화에 따르면 크레타섬의 왕 미노스의 딸인 아리아드네 공주는 이 섬의 미궁 속에 살고 있는 반인반수의 미노타우로스(미노스 왕의 왕비와 황소 사이에서 태어난 괴물)를 물리치기 위하여 섬으로 들어온 아테

그러나 억압적인 느낌을 주는 황갈색의 골목골목들을 빙빙 돌기만 한다. 결국 오랑 시민들은 미노타우로스에게 잡아먹히고 만다. 그것은 다름 아닌 권태다. 오래전부터 오랑 시민들은 더 이상 헤매지 않게 되었다. 잡아먹히기로 한 것이다.

오랑에 와보지 않고서는 돌이 무엇인지 알지 못한다. 유난히 먼지가 많은 이 도시에서는 조약돌이 왕이다. 돌을 어찌나 좋아하는지 상인들은 진열창에 돌을 전시할 정도다. 돌로 종이를 눌러두거나 아니면 아예 돌을 보여주기 위해서다. 길을 따라가며 돌을 쌓아 무더기들을 만들어 놓는데, 1년이 지나도 여전히 그냥 있는 것으로 보아 이는 아마 눈요깃감으로 삼기 위해서인 것 같다. 다른 곳에서는 식물적인 것에서 시詩를 뽑아내는 것이 여기서는 돌의 얼굴을 지녔다. 이곳 사람들은 상업도시에서 볼 수 있는 100여 그루의 나무들을 정성스럽게 먼지로 뒤덮어놓았다. 돌처럼 굳어진 이 식물들은 가지에서 매캐한 먼지 냄새를 풀풀 떨군다. 알제에서는 아랍인 공동묘지가 누구나 다 아는 터인 온화함을 간직하고 있다. 오랑에서는 라스엘아인 골짜기 저 위에 위치한 그것이 이번에는 바다를

네의 왕자 테세우스에게 반한 나머지 그가 미궁에서 길을 찾아 다시 나갈 수 있도록 실타래를 준다. 왕자는 그 실을 풀어가며 미궁 속으로 들어왔다가 아리아드네와 함께 그 실을 따라 다시 미궁에서 탈출할 수 있게 된다. 이리하여 "아리아드네의 실"은 미궁에서 벗어나는 길잡이 "신호"의 상징이다.

앞에 두고 있지만, 푸른 하늘에 그대로 딱 붙어 있다 보니 그야말로 해가 불을 질러 눈이 멀 지경의 화재 현장이 된 백악질의 푸석푸석한 자갈밭이다. 이 대지의 해골 밭 한가운데에 이따금 주홍빛 제라늄이 그의 생명과 신선한 피를 풍경에 건네준다. 도시 전체가 돌로 된 피질皮質에 싸인 채 굳어져 있다. 플랑퇴르 지역에서 바라보면 도시를 껴안고 있는 절벽들이 어찌나 두꺼운지 풍경은 광물적인 정도를 넘어 비현실적으로 변한다. 거기서 인간은 추방된다. 그토록 무거운 아름다움은 딴 세상에서 오는 것 같다.

만약 사막을 하늘만이 내려다보고 있는, 영혼 없는 곳이라고 정의할 수 있다면, 그때 오랑은 그의 예언자들을 기다린다. 도시의 머리 위와 그 주위에서 아프리카의 사나운 자연은 과연 그 뜨거운 마력을 과시하고 있다. 도시는 사람들이 덧씌워 놓은 어색한 장식을 깨뜨려버리고, 집과 집 사이와 모든 지붕 위에서 사나운 비명을 내지른다. 산타크루스 산허리로 난 길들 중 하나를 골라 걸어 올라가면 제일 먼저 눈에 들어오는 것은 오랑의 여기저기에 흩어져 있는 색색의 입방체들이다. 그러나 조금만 더 올라가면 벌써 고원을 에워싼 들쭉날쭉한 절벽들이 빨건 짐승들처럼 바다에 몸을 박고 웅크린다. 좀 더 높이 올라가면 해와 바람의 거대한 소용돌이가 바위투성이 풍경의 곳곳에 제멋대로 흩뿌려져 있는 무질서한 도시를 뒤덮고 환기하고 뒤섞는다. 여기서 서로 대립하는 것은 인간의 기막힌 무질서와 언제나 한결같은 바다의 영구불변함이다. 그것만으로도 압도하는 생명의 냄새가 산허리로 난 길 쪽으로 밀고 올라오기에 충분하다.

사막은 무자비한 그 무엇을 지니고 있다. 오랑의 광물질 하늘, 그 먼지를 뒤집어쓴 길들이며 나무들 모두가 이 두껍고 무감동한 세계를 만들어내는 데 기여하고 있다. 거기서는 가슴과 머리가 그들 자체나 그들의 유일한 대상인 인간으로부터 잠시도 한눈을 파는 법이 없다. 나는 지금 은둔의 어려움을 말하는 것이다. 사람들은 피렌체나 아테네에 관한 책들을 쓴다. 그 도시들은 그토록 많은 유럽 정신들을 길러낸 만큼 분명 어떤 의미를 지니고 있을 것이다. 감동하게 하거나 열광시킬 그 무언가를 가지고 있는 것이다. 그 도시들은 추억을 먹고 사는 영혼의 허기를 달래준다. 그러나 그 무엇 하나 정신을 자극하는 법이 없고, 추악함마저도 특징이 없고 과거가 무無에 가까운 도시에서 얻을 수 있는 감동은 어떤 것일까? 공허, 권태, 무관심한 하늘, 이런 곳들이 주는 매력은 어떤 것일까? 그것은 아마도 고독, 또 어쩌면 여자들일 것이다. 어떤 부류의 남자들에게 여자들은, 그네들이 아름다운 곳이면 어디든, 하나의 씁쓸한 모국이다. 오랑은 그 나라의 숱한 수도들 가운데 하나다.

## 놀이

오랑의 퐁두크가에 있는 센트럴 스포팅 클럽은 진짜 애호가들이라면 알아줄 것으로 자신하는 야간 권투 시합을 개최한다. 분명하게 말해서 그것은 곧 포스터에서 소개하는 복서들이 스타와는 거리가 멀다는 것, 그중의 몇은 링에 처음 선다는 것, 따라서 맞붙는 선수들의 기량은 몰라도 열의에 기대를 건다는 것을 의미한다. 오랑 사람 하나가 '피를 보게 될 것'이라고 장담하는 바람에 나도 그만 흥분이 되어 오늘 저녁 진정한 애호가들 틈에 끼어 있게 되었다.

분명히 이 애호가들은 편한 시설 같은 것은 바라지 않는 모양이다. 실제로 링은, 벽에 회칠하여 골함석 지붕을 덮고 세차게 불을 밝힌 차고 비슷한 건물 안쪽에 설치되었다. 접는 의자들이 로프 둘레에 네모꼴로 정렬되어 있다. 이것은 '링 사이드 특등석'이다. 다른 좌석들이 세로로 배치되어 있고, 홀 안쪽에는 입석이라는 이름의 널찍한 공간이 트여 있다. 그곳을 가득 채울 500여 명 중에서 어느 한 사람이 주머니에서 손수건이라도 꺼내려 했다가는 큰 사고를 촉발하고 말 것임을 감안해서 붙인 이름이다. 이 직사각형 상자 속에서 1000여 명의 남자들과 두세 명의 여자들(내 옆 사람 말에 의하면 늘 '남의 눈에 띄려고' 안달인 여자들)이 숨 쉬고 있다. 모두가 지독하게 땀을 흘린다. '유망주들'의 시합을 기다리는 동안 대형 스피커가 티노 로씨[15]의 노래를 깨진 목소리로 쏟아낸다. 살인 직전의 사랑노래다.

진짜 애호가들의 인내심은 무한하다. 21시로 예고된 모임이 21시 30분이 되어도 시작되지 않는데, 아무도 항의하는 사람이 없다. 봄 날씨는 덥고 셔츠 바람인 사람들의 체취는 자극적이다. 레모네이드 병마개 따는 소리가 주기적으로 터지고 코르시카 출신 가수의 탄식은 지칠 줄 모르는데, 사이사이 격렬한 토론이 벌어진다. 새로 온 입장객들이 관중석에 박혀 자리를 잡자 서치라이트가 눈부신 조명을 링 위로 퍼붓는다. 유망주들의 대결이 시작된다.

유망주건 풋내기 선수건 다 재미로 하는 시합인데 테크닉은 완전히 무시한 채 대뜸 살육전을 벌이면서 그 재미를 입증해 보겠다고 열을 올린다. 3라운드 이상을 버텨본 적이 없다. 이런 면에서 보면 오늘 저녁의 주인공은 '비행기 키드'다. 평소에는 여러 카페의 테라스를 돌아다니며 복권을 파는 젊은이다. 과연 그의 적수는 2라운드 초에 프로펠러처럼 휘두른 주먹을 맞고 운수 사납게도 링 밖으로 나가떨어졌다.

군중은 약간 활기를 띠었지만 이건 아직 예의상 인사다. 그들은 거룩한 물파스 냄새를 점잖게 맡고 있다. 그리고 선수들의 싸우는 그림자가 하얀 벽에 던지는 속죄의 그림들 때문에

* Tino Rossi(1907~1983). 프랑스 코르시카 출신의 가수 겸 배우. 1936년 〈카지노 드 파리〉 공연에서부터 널리 알려지기 시작하여 그 음반 산업 초기에 예외적인 판매량을 기록했다.

사뭇 더 그럴듯해진 이 느린 의식과 마구잡이 희생이 이어지는 모습을 바라본다. 그것은 야만적이면서도 계산된 어떤 종교의 엄숙한 프롤로그다. 신들린 듯한 광란은 나중에야 등장할 것이다.

바로 이때 확성기가 '결코 물러선 적 없는 오랑의 왕고집' 아마르와 '알제의 불주먹' 페레스*의 대전을 알린다. 문외한은 링 위에서 소개되는 양쪽 선수들을 맞아 내지르는 관중의 고함을 잘못 해석할지도 모른다. 누구나 다 아는 어떤 개인적인 다툼의 끝장을 보겠다며 벌이는 자극적인 시합쯤으로 상상할지도 모른다. 하기야 이건 분명 그들이 끝장을 보려는 하나의 다툼이다. 그러나 문제의 초점은 100년 전부터 알제와 오랑을 치명적으로 갈라놓고 있는 다툼이다. 몇 세기 전 같았으면 북아프리카의 그 두 도시는, 더 행복하던 시대에 피사와 피렌체가 그랬듯, 이미 치열하게 피를 쏟았을지도 모른다. 그 적대감은 아무리 봐도 전혀 근거가 없기에 그만큼 더 강렬하다. 서로 사랑할 이유가 수없이 많아서 그에 비례하여 서로를 미워하는 것이다. 오랑 사람은 알제 사람이 '잘난 체 한다'고 욕한다. 알제 사람은 오랑 사람이 예의범절을 모른다고 넌지시 내비친

* Pérez. 스페인어로 '아버지'를 의미하는 이 이름의 인물은 《이방인》에서 어머니의 장의행렬을 힘겹게 따라오다가 지쳐 쓰러지는 어머니의 "친구"로 다시 등장한다.

다. 이야말로 형이상학적이기 때문에 보기보다는 더 피 튀기는 중상모욕들이다. 그렇다고 서로 포위 공격할 수도 없기에 오랑과 알제는 스포츠나 통계나 대형 토목공사의 분야에서 다시 맞붙어 싸우고 욕설을 주고받는다.

그러니까 이것은 링 위에 펼쳐지는 역사의 한 페이지다. 1000여 명의 고함에 힘을 얻은 오랑의 왕고집은 페레스에 대항하여 향토의 생활방식과 자존심을 방어한다. 사실대로 말하자면 아마르가 시합을 제대로 끌고 가지 못한다고 할 수 있다. 그의 방어에는 형식상의 결함이 있다. 리치가 짧다. 반면에 알제의 불주먹 쪽 방어는 충분한 리치를 갖췄다. 상대편 눈썹 위에 유효타를 갈겼다. 오랑 선수가 흥분된 관중의 노호 속에서 보기 좋게 코피를 쏟는다. 객석의 관중들과 내 옆 사람의 반복되는 응원에도 불구하고, 과감한 "죽여버려!", "해치워!"라든가 엉큼한 "아래를 쳐!", "야! 심판, 뭐 하는 거야?" 라거나 낙천적인 "재, 힘 빠졌군", "더는 못 버텨" 라는 말에도 불구하고 그치지 않는 야유 속에 알제 선수가 판정승을 거둔다. 툭하면 스포츠 정신을 들먹이는 내 옆 사람이 보란 듯이 박수를 보내면서 요란한 고함에 파묻히는 목소리로 내게 건넨다. "이 정도면, '저쪽'에서도 오랑 사람들보고 야만인이라고 하진 못할 테죠."

그러나 홀에서는 프로그램에 있지 않았던 전투들이 이미 벌어졌다. 의자를 쳐들어 흔들어대고, 경찰이 길을 트며 진입하는 가운데 흥분은 극에 달한다. 이 선량한 관중을 진정시키고

장내의 정숙을 회복해 보기 위해 '주최 측'에서는 지체 없이 전축을 틀어서 '상브르 에 뫼즈' 군가*를 토해내게 한다. 몇 분 동안 장내는 그야말로 가관이다. 싸우는 사람들과 자원하고 나선 심판들의 서로 뒤얽힌 무리가 경관들의 손아귀에 붙들려 흔들리고, 객석은 환호하고 무질서한 고함, 익살맞은 닭, 고양이 울음소리를 내질러대며 계속하라고 재촉하는데 그 모든 소리는 감당 못 할 군가의 물결에 파묻혀버린다.

그러나 평정 상태가 회복되는 데는 큰 시합을 알리는 방송이면 충분하다. 연극이 끝나면 배우들이 무대에서 퇴장하듯이 평정은 아무런 수식도 없이 갑작스럽게 이루어진다. 더할 수 없이 자연스럽게 모자에 묻은 먼지를 털고 의자들을 정돈한다. 모든 얼굴들은 가족음악회의 입장권을 구입한 선량한 청중 같은 호감 어린 표정을 단번에 되찾는다.

마지막 시합은 프랑스 해군 챔피언과 오랑 복서의 대전이다. 이번에 리치의 차이는 후자가 유리하다. 그러나 그의 우세가 처음 몇 라운드 동안은 관중을 흔들지는 못한다. 관중은 흥분을 가라앉히고는 다시 조용해진다. 그들의 숨소리가 아직은

* Le Régiment de Sambre-et-Meuse. 1870년 로베르 플랑케트가 작곡, 폴 세자토가 작사한 애국적 내용의 프랑스 군가. 1794년 플뢰뤼스에서 프랑스군이 오스트리아군을 무찌르고 승리한 뒤 창설된 상브르에뫼즈 연대를 상기시키는 군가로 '라마르세예즈' 다음으로 가장 많이 연주되었다.

나직하다. 박수는 치지만 열정이 없다. 휘파람을 불어대도 적대감이 부족하다. 장내는 두 진영으로 갈라진다, 그래야 원칙에 맞는다. 그러나 각자의 선택은 심한 피로 뒤에 오는 그 무관심에 의한 것이다. 만일 프랑스 선수가 '클린치'를 하거나 오랑 선수가 머리로 공격해서는 안 된다는 사실을 잊거나 하면, 복서는 일제히 퍼붓는 야유의 휘파람에 놀라 몸을 구부리지만, 이내 축포처럼 쏟아지는 박수에 다시 몸을 일으킨다. 경기가 7라운드 정도는 되어야 스포츠가 제 모습을 다시 찾고 그와 동시에 진짜 애호가들이 피곤에서 벗어나기 시작한다. 과연 프랑스 선수가 다운당했다가 포인트를 만회하려고 상대에게 달려들었다. "그렇지, 이제 투우가 시작되는 거야" 하고 내 옆 사람이 말했다. 과연 투우다. 가차 없는 조명 아래 땀이 흥건한 두 복서는 가드를 풀고, 눈을 감은 채 치고, 어깨와 무릎으로 밀고, 유혈을 교환하며 분노를 마신다. 동시에 홀 안의 관중이 한꺼번에 벌떡 일어나서 두 영웅의 전력투구에 장단을 맞춘다. 관중이 펀치를 맞고, 맞받아치고, 오가는 펀치들은 둔탁하게 헐떡이는 그 무수한 목소리가 되어 반향한다. 응원할 선수를 별생각 없이 정했던 바로 그 사람들이 이젠 자신의 선택에 악착같이 매달려 극성이다. 10초마다 내 옆 사람의 고함이 내 오른쪽 귀를 파고든다. "힘내라, 블루칼라, 자, 우리 해군!" 한편 우리 앞줄의 한 관객이 오랑 선수에게 고함친다. "안다! 옴브레!"[18] 사내와 블루칼라는 힘을 내고, 이 석회와 함석과 시멘

트로 지은 신전 속에서 고개 숙인 신神들에게 내맡겨진 관중 전체도 그들과 함께 힘을 낸다. 땀으로 번들거리는 가슴팍에서 무딘 소리로 울리는 각각의 펀치는 복서들과 더불어 마지막 남은 힘을 뽑아내는 군중의 몸속에서 거대한 진동이 되어 메아리친다.

이런 분위기에서는 무승부는 환영받지 못한다. 그것은 사실 관중들의 철저한 흑백논리 편향인 감성을 거스른다. 분명 선과 악이 있고 승자와 패자가 있는 것이다. 틀리지 않으면 마땅히 옳아야 한다. 이 완전무결한 논리의 결론은 심판들이 매수되었다고 규탄하는 2000개의 단호한 허파들이 즉석에서 제시한 것이다. 그러나 링 위에서는 블루칼라가 적수에게 다가가 껴안으며 형제애의 땀을 마신다. 그것만으로도 관중이 당장에 생각을 바꿔 박수를 보내기에 충분하다. 옆 사람 말이 맞다. 이들은 야만인이 아니다.

침묵과 별들로 찬 하늘 아래, 밖으로 쏟아져 나오는 군중은 이제 막 가장 힘든 전투를 치르고 난 참이다. 그들은 관전평을 늘어놓을 힘도 없는지 입을 다문 채 슬그머니 사라진다. 선이 있고 악이 있다는 이 종교는 자비를 모른다. 이 신도들의 집단은 이제 어둠 속으로 사라져가는 흑과 백의 그림자 떼에 불

* "잘한다, 그렇지!" 혹은 "잘한다, 이 친구!"의 의미인 스페인어 감탄사.

과하다. 힘과 폭력은 두 고독한 신들이어서 그렇다. 이 신들은 추억 쪽에는 아무것도 건네주지 않는다. 반대로 현재 속에는 그들의 기적들을 듬뿍 나누어준다. 그 기적들은 링 둘레에서 그들의 영성체를 올리는 과거 없는 이 민중의 척도에 걸맞은 것이다. 이것은 좀 힘들기는 하지만 모든 것을 단순화하는 의식이다. 선과 악, 승자와 패자, 코린토스에서는 이렇게 폭력의 신전과 필연의 신전 둘이 나란히 이웃하고 있었다.

### 기념물들

형이상학 못지않게 경제학과도 관련이 있는 여러 이유 때문에, 오랑 양식은(만약 그런 게 있다면) 식민관植民館**이라 불리는 기이한 건물에 확실하고 분명하게 드러나 있다고 말할 수 있다. 오랑에도 기념물은 부족하지 않다. 이 도시는 제정 때의 장군들, 대신들, 지역 자선가들을 나름대로 가지고 있다. 햇빛과 비에 방치되고, 돌과 권태 쪽으로 전향한 그들을 먼지투성이의 작은 광장들에서 마주치게 된다. 그들은 하지만 외부에서 들여온 것들을 대표한다. 이 행복한 야성의 땅에서 그들은

** Maison du Colon. 식민관 또는 농업관Maison de l'Agriculture으로도 불리는 이 건물은 1930년 프랑스 식민지 100주년을 기념해 지었다.

반갑잖은 문명의 흔적들이다.

오랑은 반면에 그 자신에게 바치는 제단과 연단을 쌓아 올렸다. 이 상업도시 한복판에 나라를 먹여 살리는 무수한 농업단체들을 위한 공동회관을 지을 필요가 있었던 오랑 시민들은 그들이 지닌 미덕들의 유력한 표상을 거기에 모래와 양회를 사용해 세우기로 궁리해냈다. 그것이 바로 식민관이다. 건물 모습을 보고 판단한다면 그것의 미덕은 세 가지다. 취향의 대담성, 난폭함에 대한 사랑, 그리고 역사를 종합하는 감각. 이집트와 비잔티움과 뮌헨의 양식이 다 같이 협력해서 거대한 술잔을 엎어놓은 것 같은 기묘한 케이크 덩어리를 건축해놓았다. 다채로운 색깔의 돌들로 지붕의 테두리를 장식해놓아서 더할 수 없이 힘찬 효과를 낸다. 이 모자이크는 생동감이 너무나 강렬해서 형상을 가늠할 수 없는 눈부심밖에는 눈에 들어오는 것이 없다. 그러나 더 가까이 가서 찬찬히 뜯어보면 모자이크에 담긴 의미를 알 수 있다. 나비넥타이를 매고 흰 코르크 헬멧을 쓴 점잖은 식민지 개척자가 거기서 고대 풍의 옷차림을 한 노예들의 행렬로부터 정중한 인사를 받는 것이다.* 건물과 그 채색 그림들이 마침내 교차로 한복판, 그 불결한 몰골이 이 도시의 매력 중 한 가지가 된 그 광주리 모양의 꼬마 전차들

* 알제리인이 지닌 또 다른 자질은 여기 보다시피 솔직함이다.(원주)

이 오가는 곳에 자리를 잡았다.

다른 한편 오랑은 다름 광장에 있는 사자 두 마리에 대단한 애착을 보인다. 이 사자들은 1888년 이래 시청 계단 양쪽에 군림하고 있다. 그걸 제작한 사람의 이름은 카인이다. 사자는 위엄이 있고 몸통이 작달막하다. 밤이면 사자들은 차례로 받침대에서 내려와 어두운 광장 주변을 소리 없이 돌며, 때로는 먼지투성이인 큰 무화과나무 밑에서 오줌을 눈다고 사람들은 이야기한다. 이것은 물론 소문에 지나지 않는다. 오랑 사람들은 재미있다는 듯 이 소문에 귀를 기울이지만 믿을 만한 이야기는 못 된다.

약간 조사해보기는 했지만 나는 카인에 대해 큰 관심을 기울일 수는 없었다. 다만 그가 솜씨 있는 동물 조각가로 유명했다는 사실을 알 수 있었을 뿐이다. 그런데도 나는 자주 그를 생각한다. 이는 오랑에서 지내다 보면 찾아드는 어떤 정신적 경향이다. 여기에 대수롭지 않은 작품을 남긴 한 유난스러운 이름의 예술가가 있다.** 선멋 부린 시청 건물 앞에 그가 설치한 그

** 카뮈는 오귀스트 카인August Caïn(1821~1894)에 대하여 "아름 광장의 대수롭지 않은 사자들을 조각한 대수롭지 않은 미지인"이라고 그의 《작가수첩 1》에 기록하고 있다. 소설 《페스트》에서 타루 역시 오랑 시청을 장식하는 이 청동 사자상에 대하여 언급한다. 파리 시청의 로보가쪽으로 면한 후문 좌우에도 이와 거의 동일한 청동 사자상이 장식되어 있다.

유순한 야수들에 수십만 명의 사람들이 친숙해졌다. 이것도 다른 방식과 마찬가지로 예술에서 성공을 거두는 방식 중 하나다. 이 두 마리 사자도 아마 같은 종류의 작품 수천 점처럼, 재능과는 무관한 그 무엇을 증언하고 있을 것이다. 〈야간 순찰〉, 〈성흔聖痕을 받는 프란체스코 성자〉, 〈다비드〉, 〈꽃의 찬양〉 같은 작품을 창조할 수 있었던 거장들도 있다. 그런데 카인은 바다 건너 식민지 어느 상업 번성한 지방 광장에 만족해하는 낯짝 두 개를 만들어 세웠다. 그런데 다비드상은 언젠가 피렌체와 함께 무너질 테지만, 사자는 아마 재앙을 면할 수 있을 것이다. 다시 한번 더 이 사자들은 다른 그 무엇을 증언한다.

이 생각을 더 명확하게 표현할 수 있을까? 이 작품 속에는 무의미와 견고함이 담겨있다. 여기서 정신은 아무런 쓸모가 없지만 물질은 쓸모가 많다. 보잘것없는 작품은 무슨 수단으로든 지속하고자 한다. 청동도 그 수단 중의 하나다. 사람들은 작품의 영원해질 권리를 거부하지만 그래도 그것은 날마다 그 권리를 찾아간다. 그것이 바로 영원이 아니겠는가? 어쨌든 이러한 끈질김은 사람을 감동하게 하는 데가 있고 나름의 교훈을 지니고 있다. 오랑의 모든 기념물들, 나아가 오랑 자체가 주는 교훈이 바로 그것이다. 그 끈기는 하루에 한 시간, 어쩌다가 한 번씩, 사람들로 하여금 대수롭지 않은 것에 주의를 돌리도록 강요한다. 정신은 이러한 반복들에서 얻는 것이 있다. 그것은 어느 만큼 정신위생에 도움이 되고 또 정신에는 겸허의 순간들이 절대적으로 필요한 만큼 이렇게 바보가 되는 기회가 어느 기회들보다도 더 귀중해 보인다. 소멸할 운명인 것은 어느 것이나 다 영속을 바란다. 그러니까 모든 것이 다 영속을 바란다고 해두자. 인간의 모든 작품이 의미하는 것도 이와 다르지 않으니, 이런 측면에서 카인의 사자들은 앙코르의 유적들과 똑같은 기회를 가진다. 사정이 이러하니 우리 모두 겸허해지지 않을 수 없다.

오랑에는 또 다른 기념물들이 있다. 아니 적어도, 그것들에도 기념물이라는 이름을 붙여줘야 마땅하다. 왜냐하면 그것들 역시 도시를 위해, 어쩌면 더욱 의미심장한 방식으로, 증언하고 있기 때문이다. 현재 약 10킬로미터에 걸친 해안에서 벌어지고 있는 대대적인 토목공사를 두고 하는 말이다. 원칙적으로, 내포內浦들 가운데 가장 빛 밝은 부분을 거대한 항구로 탈바꿈하는 작업이다. 사실 이것은 인간이 돌과 정면 대결하는 또 하나의 기회다.

몇몇 플랑드르 거장들의 회화에서는 놀라운 규모의 주제가 줄기차게 반복되는 것을 볼 수 있다. 바벨탑 건설이 그것이다. 그것은 엄청난 풍경, 하늘로 기어오르는 바위, 일꾼과 짐승과 사닥다리와 괴상한 기계와 밧줄 들이 뒤엉켜 우글거리는 절벽이다. 더구나 인간은 공사장의 초인간적인 규모를 가늠케 할 용도로 그곳에 존재할 뿐이다. 오랑시 서쪽 절벽 끝에서 내려다보면서 생각하게 되는 것이 바로 이것이다.

거대한 절벽에 매달린 레일, 광차, 기중기, 꼬마 기차들… 집어삼킬 듯 달려드는 햇볕 속을 장난감 같은 기관차들이 기적소리와 먼지와 연기 사이로 거대한 돌산 더미들을 감고 돈다. 밤낮으로 연기를 뿜어내는 산의 해골 같은 공사장에서 개미 같은 인간 군상이 부산하다. 절벽 허리에 드리운 밧줄 하나에 매달린 수십 명의 사람들이 자동 착암기 자루에 배를 밀착한 채 진종일 허공에서 진동하며 바위들의 암벽을 통째로 뜯어내고 암벽은 먼지와 굉음을 일으키며 무너져 내린다. 더 먼 곳에서는 광차들이 비탈 저 위에서 뒤집히고, 느닷없이 바다 쪽으로 쏟아진 바위들이 허공에 붕 떴다가 물속으로 굴러떨어진다. 그 큰 덩어리가 떨어질 때마다 뒤이어 더 가벼운 돌들의 소나기. 일정한 간격을 두고 한밤중과 한낮에 발파작업이 산 전체를 뒤흔들고 바다 자체를 들어올린다.

인간은 이 공사장 한복판에서 돌을 정면으로 공격한다. 만약 이런 작업을 가능케 하는 혹독한 노예 노동을 잠시만이라도 잊어버릴 수 있다면, 그것은 감탄해야 마땅할 광경이다. 산에서 뜯어낸 이 돌들은 인간의 기획에 이바지한다. 돌들은 밀려드는 파도 아래 쌓여서 차츰차츰 물 위로 모습을 드러내고 마침내는 방파제 모양으로 다듬어진다. 그 방파제는 매일 난바다 쪽으로 전진하는 인간과 기계들로 이내 뒤덮인다. 거창한 강철 이빨들이 줄기차게 절벽의 복부를 파헤치고 제자리에서 한 바퀴 빙 돌아 입 안에 넘치도록 가득 담긴 자갈을 바다로

토해낸다. 패여나간 절벽의 이마가 낮아질수록 해안선 전체는 사정없이 바다를 베어먹으며 전진한다.

물론 돌을 파괴한다는 것은 불가능하다. 단지 돌의 자리를 옮길 따름이다. 어쨌든 돌은 그것을 이용하는 인간보다 더 오래갈 것이다. 지금 당장은 돌이 인간의 행동 의지를 밀어주고 있다. 이것마저도 어쩌면 무용한 일일 것이다. 그러나 사물들의 자리를 바꾸는 것은 인간들의 일이다. 이 일을 하든지 아무것도 않든지 선택해야 한다.* 분명 오랑 사람들은 선택했다. 이 무심한 만 앞에서 향후 몇 년간 더 그들은 해안을 따라 자갈 더미를 쌓아 올릴 것이다. 100년 후에는, 다시 말해서 내일에는, 또 새로 시작해야 할 것이다. 그러나 오늘은 이 바위 더미들이 먼지와 땀을 마스크처럼 뒤집어쓴 채 그들 사이를 오가는 인간들을 위해 증언한다. 오랑의 진정한 기념물은 역시 그 돌들이다.

## 아리아드네의 돌

오랑 사람들은 저 플로베르의 친구[23]를 닮은 것 같다. 임종

* 이 에세이는 모종의 유혹을 다룬다. 우리는 그 유혹을 일단 경험하고 나야 한다. 그다음에, 경험자로서 알고 있는 상태에서, 행동을 할 수도 있고 하지 않을 수도 있다.

때 그 무엇으로도 바꿀 수 없는 이 대지에 마지막 시선을 던지며, "창문을 닫아요, 너무 아름다워요"라고 외쳤다는 친구 말이다. 오랑 사람들은 창문을 닫고 둘러싼 벽 속에 갇혔으며, 풍경을 내쫓아버렸다. 그러나 르 푸아트뱅은 죽었고, 그 후에도 나날은 끊이지 않고 다른 나날들로 이어졌다. 마찬가지로 오랑의 누런 벽들 저 너머에서는 바다와 대지가 무심한 대화를 계속하고 있다. 세계 속의 이러한 영속성이 인간에게는 늘 적대적인 위엄으로 보였다. 영속성은 인간에게 절망과 동시에 열광을 안겨준다. 세계는 딱 한 가지 말밖에는 하지 않는다. 흥미를 끌고 나서는 싫증나게 한다. 그러나 끝내는 집요한 고집으로 이기고 만다. 세계는 언제나 옳다.

오랑의 시문市門만 나서면 벌써 자연이 목소리를 높인다. 카나스텔 쪽으로는 향기로운 가시덤불로 뒤덮인 드넓은 황무지다. 태양과 바람이 거기서는 고독 이야기밖엔 하지 않는다. 오랑 저 위쪽은 산타크루스산이고, 고원과 그리로 가는 숱한 계곡들이다. 전에는 마차가 다니던 길들이 바다를 굽어보는 산허

* 알프레드 르 푸아트뱅Alfred le Poittevin(1816~1848). 프랑스의 변호사이자 작가. 플로베르와 같은 루앙 출신으로 5살 위였지만 최초의 절친이었다. 그는 동시에 작가기 드 모파상의 외삼촌이었다. "임종 직전의 어느 날 창문이 열려 있어서 햇빛이 방안으로 쏟아져 들어오자 그가 말했다." (귀스타브 플로베르, 《서한집 1》, 막심 뒤캉에게 보낸 편지, 1848년 4월 7일자)

리에 달라붙어 있다. 1월이면 그중 어떤 길들은 꽃들로 뒤덮인다. 수레국화와 미나리아재비가 그런 길들을 노랑과 하양으로 수놓은 화려한 오솔길로 만든다. 산타크루스에 대해서 할 만한 말은 이미 다 들었다. 한데 만일 내가 그 이야기를 또 해야 한다면, 명절날 가파른 언덕을 기어 올라가는 거룩한 행렬들에 대한 것 말고, 딴 순례들을 상기시키겠다. 그들은 붉은 돌 속을 헤치고 나아가 미동도 하지 않는 바다 저 위에까지 올라가서는 빛나고 완벽한 시간을 고스란히 헐벗음의 풍경에 바친다.

오랑에는 그 나름의 모래사막들도 있다. 해변 말이다. 시문을 나서면 나타나는 해변은 겨울과 봄에만 호젓하다. 그때가 되면 고원에는 수선화가 만발하고 그곳에 들어찬 밋밋하고 조그만 별장들은 꽃에 묻혀 있다. 저 아래서는 바다가 나직이 철썩인다. 그러나 벌써 태양과 가벼운 바람, 수선화의 흰 빛, 하늘의 강렬한 푸른빛 이런 모든 것이 여름을, 그때 해변 모래밭을 뒤덮는 금빛 젊음을, 모래 위에서의 긴 시간들과 갑작스럽게 찾아오는 저녁의 다사로움을 상상케 한다. 해마다 이 바닷가에서는 꽃 피는 아가씨들을 새롭게 수확한다. 분명 그 꽃들은 한 철밖에는 없다. 이듬해에는, 지난여름만 해도 아직은 꽃눈처럼 몸매가 단단한 소녀에 불과했던 다른 열렬한 꽃들이 그 자리를 대신 차지한다. 아침 열한 시면 울긋불긋한 천으로 겨우 가린 그 모든 젊은 육체가 언덕에서 내려와 알록달록한 파도처럼 모래 위에 부서진다.

언제나 순결한 풍경을 발견하려면 더 멀리(그러면서도 이상하게 20만 명의 인간들이 제자리에서 빙빙 돌고 있는 그 도시에서 아주 가까이) 가야 한다. 사람들이 다녀간 흔적이라고는 헐어빠진 오두막 한 채뿐인 인적 없는 긴 모래언덕들이 그것이다. 이따금 아랍인 양치기가 검은색과 베이지색 얼루기 염소 떼를 모래언덕 꼭대기로 몰고 간다. 오랑 지방의 이 해변에서는 여름 아침이 날마다 세상의 첫 아침 같아 보인다. 황혼은 날마다 세상의 마지막 황혼인 양, 해 질 무렵의 모든 색조를 점점 어둡게 만드는 마지막 광선으로 장엄한 임종을 고한다. 바다는 군청 빛, 길은 엉긴 핏빛, 해변은 노란빛이다. 모두가 초록빛 태양과 함께 사라진다. 한 시간 뒤에는 모래언덕에 달빛이 흘러넘친다. 그러면 별들이 비 오듯 쏟아지는 광막한 밤이다. 뇌우가 가끔 밤을 가로지르고, 번개가 모래언덕들을 따라 흘러내리면 하늘이 창백해지고 모래 위와 사람의 눈동자 속에 오렌지빛 미광이 어린다.

그러나 이것은 남과 나눠 가질 수 있는 것이 아니다. 몸소 체험해봐야 한다. 이토록 유별난 고독과 위대함 덕분에 이 장소들은 잊을 수 없는 얼굴을 가지게 된다. 미지근한 이른 새벽, 아직은 검고 씁쓸한 첫 물결이 지나가고 나면, 너무 무거워 들어 올릴 수도 없는 밤의 물을 가르고 새 생명이 태어난다. 기쁨들의 추억은 그 기쁨들을 후회하게 만들지 않는다. 그래서 나는 그것들이 좋은 것이었음을 알 수 있다. 여러 해가 지난 뒤

아직도 그 기쁨들은 이 마음 어딘가에 살아남아 있다. 언제나 변함없기란 어려운 이 마음속에. 그래서 나는 오늘도 내가 그곳으로 돌아가려고만 한다면, 그 인적 없는 모래언덕 위에는 똑같은 하늘이 여전히 숨결과 별들을 가득 실은 짐을 부리고 있으리라는 것을 알고 있다. 이곳이야말로 때 묻지 않은 순수의 땅이다.

그러나 순수는 모래와 돌들이 필요하다. 그런데 인간은 그만 그곳에 사는 법을 잊어버렸다. 어쨌든 그렇게 생각할 수밖에 없다. 왜냐하면 인간은 권태가 잠든 이 기이한 도시 안에 피신 중이니 말이다. 그런데도 오랑의 가치는 바로 이러한 양자 대결에서 생겨난다. 순수와 아름다움에 포위당한 권태의 수도, 이곳을 둘러싼 군대는 돌들의 수효만큼이나 많은 병력을 보유하고 있다. 그러나 이 도시 안에서 어떤 시간이면 그만 적진으로 넘어가버리고 싶은 유혹이 얼마나 거센가! 저 돌들과 하나가 되고 싶은 유혹, 인간의 역사와 그 소란을 부정하는 저 뜨겁고 무정한 세계와 한몸이 되고 싶은 유혹! 이것은 아마도 헛된 생각일 것이다. 그러나 저마다의 인간 속에는 파괴의 본능도 창조의 본능도 아닌 깊은 어떤 본능이 잠재해 있다. 그저 아무것과도 닮지 않고 싶은 본능 말이다. 오랑의 뜨거운 벽 밑에 드리운 그늘에서, 그 먼지투성이 아스팔트 위에서, 우리는 가끔 이런 초대의 목소리를 듣게 된다. 잠시 그 초대에 넘어가는 사람들은 결코 실망하지 않는 것 같다. 그것은 에우리디케의 어둠이요, 이시스의 잠이다. 여기 사막에서는 요동치던 가슴 위에 저녁의 서늘한 손이 내려앉고, 이제 생각이 깨어날 것이다. 이 감람산 위에서 밤샘 기도는 아무 소용이 없다. 정신은 잠든 사도들과 하나가 되어 그들에게 동의한다. 그들은 정말로 잘못 생각한 것일까? 어쨌든 그들은 그들 나름의 계시를 받았다.

사막의 석가모니를 생각해보자. 그는 긴 세월 동안 그곳에서 미동도 하지 않은 채 가부좌로 앉아 하늘을 쳐다보고 있었다. 신들조차도 그 지혜와 그 돌의 운명을 부러워했다. 앞으로 내민 채로 굳어버린 그의 두 손에 제비들이 둥지를 틀었다. 그런데 어느 날 제비들은 먼 곳의 부름을 받고 날아가 버렸다. 자기 속의 욕망과 의지, 영광과 고뇌를 다 죽일 수 있었던 그이도 눈물을 흘리기 시작했다. 그러자 바위에 꽃들이 돋아났다. 그렇다, 꼭 그래야 할 때는 돌에 고개를 끄덕여주자. 우리가 사람의 얼굴들에 요구하는 그 비밀과 그 격정을 돌 또한 우리에게 줄 수 있다. 아마도 그런 것이 영속하지는 못 할 것이다. 하지만 대체 무엇이 영속할 수 있는가? 얼굴들의 비밀은 흔적 없이 사라지고 우리는 욕망들의 사슬 속으로 다시 던져진다. 설사 돌이 우리를 위해 인간의 마음 이상을 해주지는 못해도, 최소한 그와 동등한 만큼은 해줄 수 있다.

'무無가 되고저!' 수천 년 동안 이 크나큰 절규가 수백만 인간들을 욕망과 고뇌에 항거하여 일어서게 만들었다. 그 절규의 메아리들이 여러 세기와 대양을 넘어 세계에서 가장 오래된 바다 위의 이곳까지 와서 잦아든다. 그 메아리들은 아직도 오랑의 꽉 들어찬 절벽들에 와서 부딪쳤다가 나직하게 반향하고 있다. 이 고장에서는 모든 사람이 자신도 모르게 그 메아리의 충고를 따른다. 물론 이건 거의 헛된 짓이다. 허무는 절대와 마찬가지로 닿지 못하는 것이다. 그러나 우리는 장미꽃이나 인간의 고통이 전해주는 영원한 신호들을 그만큼의 은총으로 받고 있으므로, 대지가 우리에게 허락하는 잠에의 귀한 유혹들 또한 물리치지 말자. 이쪽에도 저쪽만큼의 진리가 담겨 있다.

아마도 이것이 몽유병과 광란에 빠진 이 도시를 건져줄 아리아드네의 실일 것이다. 여기서 사람들은 어떤 권태가 지닌 극히 잠정적인 미덕들을 배운다. 목숨을 구하려면 미노타우로스에게 '네'라고 해야 한다. 이것은 오래되고 보람 있는 지혜다. 붉은 절벽들의 발밑에서 고요하게 출렁이는 바다를 내려다보며, 맑은 물에 잠긴 오른쪽과 왼쪽 두 개의 웅장한 곶 중간지점에서 올바른 균형을 유지하는 것만으로 족하다. 찬란한 빛에 잠겨 먼바다로 나아가는 해안 경비정의 헐떡임 속에서 그때 비로소 비인간적이고 눈부신 힘들이 숨죽여 부르는 소리가 또렷하게 들린다. 그것은 떠나가는 미노타우로스의 작별 인사다.

지금은 정오, 대낮 자체도 균형상태다. 의식을 다 치르고 나면, 나그네는 그의 해방을 보상으로 받는다. 그가 절벽 위에서 주워 드는, 수선화처럼 보송보송하고 따뜻한 작은 조약돌 한 개가 그것이다. 깨우침을 얻은 자에게 세계는 이 조약돌보다 더 무겁지 않다. 아틀라스의 임무는 손쉽기도 해라, 그저 자신의 때를 택하기만 하면 된다. 이때 우리는 한 시간, 한 달, 한 해 동안, 이 해변이 자유를 만끽할 수 있다는 것을 깨닫는다. 이 해변은 수도사건, 관리건, 정복자건 가리지 않고 마구잡이로 맞아들인다. 어떤 날, 나는 오랑의 거리에서 데카르트나 체사레 보르자와 마주치기를 기대하기도 했다. 그런 일은 일어나지 않았다. 그러나 어쩌면 다른 어떤 사람은 나보다 더 운이 좋을 수도 있다. 옛날에는 어떤 위대한 행동, 위대한 작품, 대담한 명상을 위해서는 사막이나 수도원의 고독이 필요했다. 사람들은 그런 곳에서 정신을 가다듬는 철야徹夜의식을 갖추었다. 그러나 오늘날에는, 정신을 비워버린 아름다움 속에 오래도록 눌러앉은 저 대도시의 공허야말로 그런 정신의 의식을 치르기에 가장 알맞은 곳이 아니겠는가?

여기 수선화처럼 따뜻한 작은 돌이 있다. 이 돌은 모든 것의 시작에 놓여 있다. 꽃, 눈물(꼭 있어야 한다면), 출발, 싸움은 나중 일이다. 하루의 한중간, 하늘이 거대하고 낭랑한 공간 속에 그의 빛의 샘을 열어 놓을 때, 해안의 모든 곳은 출항 직전의 선단船團 같다. 바위와 빛의 그 육중한 갤리선들이 태양의 섬들을 향해 떠날 준비를 하듯 용골 위에서 부르르 떤다. 오, 오랑 지방의 아침들이여![*] 고원지대의 꼭대기로부터 제비 떼는 대기가 끓어오를 듯 뜨거워진 거대한 물통들 속으로 날아와 꽂힌다. 해안 전체가 출발 준비를 마쳤다. 모험의 전율이 해안을 관통한다. 아마 내일 우리는 함께 출발할 것이다.

(1939)

* "트루빌. 바다 앞, 수선화가 가득한 고원, 녹색 혹은 흰색의 목책이 둘러쳐진 작은 빌라들, (…) 그러나 태양, 가벼운 바람, 하얀 수선화, 벌써 단단해진 하늘의 푸른 빛." (1940년 3월의 기록, 《작가수첩 1》 참조)

# 아몬드나무들

“내가 이 세상에서 가장 감탄하는 것이 무엇인지 아시오? 그건 바로 힘으로는 그 어떤 토대도 마련하지 못한다는 사실입니다. 세상에 힘 있는 것은 둘밖에 없습니다. 칼과 정신이요. 결국, 칼은 언제나 정신에 패배합니다” 하고 나폴레옹은 퐁탄*에게 말했다.

이처럼 정복자들은 때때로 우울해진다. 그 숱한 헛된 영광의 대가를 약간은 지불해야 한다. 그러나 100여 년 전에 칼에

* Louis Jean-Pierre, marquis de Fontanes(1757~1821). 프랑스의 작가, 시인, 정치가. 나폴레옹 1세 시대 프랑스 대학의 위대한 지도자로 프랑스 현대 교육제도의 기틀을 마련했다. 마음속으로는 왕당파였으면서도 나폴레옹에게 충성을 다했고 다시 복고 왕정에서도 교육부 장관으로 크게 활약했다. 이 것은 1808년 9월 19일 생클루에서 나폴레옹이 퐁탄에게 한 말이다.

대해서 진실이었던 것이 오늘날 탱크에 대해서도 진실일 수는 없다. 정복자들이 그사이에 승기를 잡았고 정신이 부재한 장소들의 음울한 침묵이 여러 해 동안 갈가리 찢긴 유럽에 자리 잡았다. 저 끔찍한 플랑드르전쟁 동안에도 네덜란드의 화가들은 닭장 속의 수탉들을 그리며 지낼 수 있었다. 마찬가지로 사람들은 백년전쟁도 잊을 수 있었다. 그렇지만 슐레지아 신비주의자들의 기도는 아직도 몇몇 사람들의 가슴속에 살아 맴돈다. 그러나 오늘날은 사정이 달라졌다. 화가들과 수도사들도 징집당한다. 우리는 이 세계와 뗄 수 없는 연대책임을 진다. 정신은 한 정복자가 인정해주던 그 당당한 확신을 상실했다. 이제 정신은 힘을 통제할 수 없게 되자 그 힘을 저주하느라 안간힘을 쓴다.

속없는 사람들은 그건 좋지 못하다고 떠들고 다닌다. 우리는 그것이 좋지 못한 일인지 어떤지는 알지 못하지만 그것이 존재한다는 것은 알고 있다. 결론인즉 그걸 인정해야 한다는 것이다. 이제는 그러니까 우리가 원하는 것이 무엇인지 알기만 하면 되는 것이다. 그런데 우리가 원하는 것은 바로 칼 앞에서 결코 고개 숙이지 않는 것, 정신을 섬기지 않는 힘에 절대로 정당성을 부여하지 않는 것이다.

사실 그것은 끝이 나지 않을 과업이다. 그러나 우리는 그 과업을 계속하기 위해 여기 있는 것이다. 나는 진보나 그 어떤 '역사'철학에 찬동할 만큼 이성을 신뢰하지는 않는다. 그러나 적어도 인간은 그의 운명의 인식에 있어서는 끊임없이 발전해 왔음을 나는 믿는다. 우리는 우리의 인간조건을 극복하지는 못했지만 그것을 보다 잘 인식하게 됐다. 우리는 모순 속에 처해 있지만 그 모순을 거부해야 하며 그것을 줄이기 위해서 마땅히 할 일을 해야 한다는 것을 잘 알고 있다. 우리가 지닌 인간의 책무는 자유로운 인간들의 끝없는 불안을 진정시켜줄 몇 가지 처방들을 찾아내는 일이다. 우리는 찢어진 것을 다시 꿰매야 하고 이토록 명백하게 부당한 세계 속에서 정의가 상상할 수 있는 것이 되도록 만들어야 하며 금세기의 불행에 중독된 민중들에게 행복이 의미 있는 것이 되도록 만들어야 한다. 물론 그것은 초인적인 과제다. 그러나 인간들이 오래 걸려서야 비로소 완수할 수 있는 과제를 가리켜 흔히 초인적이라고들 하는 것이다. 그뿐이다.

그러므로 우리가 원하는 바가 무엇인지 알고 있자. 비록 힘이 우리를 유혹하기 위해 어떤 사상이나 안락의 얼굴로 접근한다고 할지라도 정신에 관한 한 확고한 태도를 갖도록 하자. 첫째, 절망하지 말아야 한다. 세계의 종말을 외치는 사람들에게 너무 귀를 기울이지 말자. 문명들은 그렇게 쉽사리 사멸하지 않는다. 설혹 이 세계가 무너지게 되어 있다고 할지라도 다른 많은 세계가 무너지고 난 뒤에야 무너질 것이다. 우리가 비극적인 시대를 살고 있다는 것은 사실이다. 그러나 너무나 많은 사람이 비극적인 것과 절망을 혼동하고 있다. "비극적인 것이란 불행을 한바탕 크게 걷어차는 발길질 같은 것일 터이다" 라고 로렌스는 말했다. 이야말로 건전하고도 당장에 적용할 수 있는 생각이다. 오늘날 이런 발길질을 당해 마땅한 것들이 아주 많다.

알제에 살고 있었을 때 나는 항상 겨울을 잘 참고 지냈다. 어느 날 밤, 2월의 싸늘하고 순결한 하룻밤 사이에, 레콩쉴 계곡*의 아몬드나무들이 하얀 꽃들로 뒤덮이게 되리라는 것을 알고 있었기 때문이다. 그러고 나서 나는 그 연약한 눈빛 꽃이 하고 많은 비와 바닷바람에 저항하는 것을 보고 황홀함을 금치 못했다. 그런데도 해마다 그 꽃은 열매를 준비하는 데 꼭 필요한 만큼 끈질기게 버텨냈다.

이것은 무슨 상징이 아니다. 우리는 상징들을 통해서 우리의 행복을 획득할 수 없다. 그보다 더 진지한 것이 필요하다. 내 말은 다만, 불행으로 넘치는 이 유럽에서 때로 삶의 짐이 너무 무거워 질 때면, 나는 그토록 많은 힘들이 고스란히 남아 있는 저 빛나는 고장들로 되돌아가본다는 뜻이다. 나는 그 고장들을 너무나도 잘 알고 있는지라 그 고장들이 명상과 용기가

* La Vallee des Consuls. '영사領事들의 계곡'이라는 의미의 알제 교외지역이다. 당시 프랑스, 영국, 미국의 영사들이 그 골짜기에 별장을 가지고 있었기 때문에 생긴 이름이다. 카뮈는 1939년 가을부터 한동안 노트르담 다프리크 성당과 가까운 이곳에서 거주했다.

서로 균형을 이룰 수 있는 선택받은 땅임을 모를 수가 없다. 그 고장이 모범으로 보여주는 명상은 이리하여 나에게, 우리가 정신을 구하고자 한다면 비명을 내지르는 정신일랑 잊어버리고 정신의 힘과 위용을 더욱 고양하라고 가르쳐준다. 이 세계는 불행에 중독된 나머지 그 속에서 자족하고 있는 것 같다. 이 세계는 니체가 중력의 정령*이라고 불렀던 그 악에 온통 내맡겨져 있다. 그 악에 손을 빌려주지 말자. 정신의 죽음을 슬퍼하며 통곡하는 것은 헛된 일이니 정신을 위하여 일하는 것으로 족하다.

그러나 정신의 자신만만한 덕목들은 어디에 있는가? 앞에서 말한 바로 그 니체는 중력의 정령의 치명적인 적으로 그 덕목들을 열거했다. 그가 볼 때, 그것은 성격의 힘, 취향, 이 '세계', 고전적 행복, 확고한 자긍, 현인의 냉정한 검박儉朴이다. 이런 덕목들은 지금 그 어느 때보다도 더 필요하며, 각자는 자신에게 적합한 덕목을 선택할 수 있다. 눈앞에 벌어진 내기판의 중차대함을 생각할 때, 우리는 어쨌든 성격의 힘을 잊으면 안 된다. 이는 선거운동의 연단에서 미간을 찡그리거나 협박을 섞어가며 보여주는 그런 성격의 힘이 아니라 흰빛과 수액의 미덕에 의해 모든 바닷바람에 저항하는 성격의 힘을 두고

* 《차라투스트라는 이렇게 말했다》 제3부 한 장의 제목이다.

하는 말이다. 이 세계의 겨울 속에서 열매를 준비하는 것은 다름 아닌 그 힘이다.

(1940)

## 명부의 프로메테우스

> 내가 보기에, 신神에 맞설 만한 것이 아무것도 존재하지 않는 한 신성에 뭔가 결함이 있는 것 같다.
>
> —루키아노스, 《캅카스의 프로메테우스》

오늘의 인간에게 프로메테우스는 무엇을 의미하는 것일까? 아마도 제신들에 맞서 일어선 그 반항아는 우리 시대 인간들의 모델이며, 지금부터 수천 년 전 스키타이사막에서 일어났던 그 항의의 목소리는 오늘에 와서 이 유례 없는 역사적 경련 속에서 완성되고 있다고 말할 수 있으리라. 그러나 동시에 무엇인가가 우리에게 말해준다. 그 박해받은 자가 우리들 가운데서 계속 박해받고 있으며, 우리는 여전히 그가 고독한 신호를 보내고 있는 인간적 반항의 저 엄청난 절규에 귀를 막고 있다는 사실을 말이다.

오늘의 인간은 과연 이 좁은 지표면에서 집단적으로 신음하는 인간이며, 불도 없고 양식도 없는 인간으로 그에게 있어 자유란 기다렸다가 나중에 누려도 되는 한갓 사치에 지나지 않는다. 그리하여 여전히 그 인간의 당면한 문제는 좀 더 많은 고통을 당하는 것, 또 마찬가지로, 자유와 그 자유의 마지막 증인들의 당면한 문제는 기껏해야 좀 더 많이 사라져버리는 것일 뿐이다. 프로메테우스는 인간들을 너무나 사랑했기에 그들에게 불과 동시에 자유를, 기술과 동시에 예술을 가져다줬던 바로 그 영웅이다. 그런데 오늘의 인류는 오로지 기술만을 필요로 하고 오로지 기술에만 관심을 보인다. 인류는 그의 기계들 속에서 반항하며 예술과 그 예술이 전제로 하는 것을 한갓 장애물로, 속박의 표시로 여긴다. 그와 반대로 프로메테우스가 지닌 특별한 점은 그가 기계와 예술을 따로 떼어서 생각하지 않는다는 것이다. 그는 육체와 영혼을 동시에 해방할 수 있다고 믿는다. 오늘의 인간은 정신이 잠정적으로 죽는 한이 있더라도 우선 육체부터 해방해야 한다고 믿는다. 그러나 정신이란 것이 과연 잠정적으로 죽을 수 있는 것일까? 실제로 프로메테우스가 살아서 돌아온다면 오늘의 인간들은 당시의 제신들이 했던 짓을 되풀이할 것이다. 그들은 프로메테우스가 제일 먼저 상징했던 바로 그 휴머니즘의 이름으로 그를 바위에 못 박을 것이다. 그래서 그 패자를 모욕하는 적대적 목소리는 아이스킬로스 비극의 문턱에서 메아리치던 바로 그 목소리, 즉 '힘'과 '폭력'의 목소리일 것이다.

나는 지금 이 인색한 시대에, 헐벗은 나무들에, 이 세계의 겨울에 굴복하는 것일까? 그러나 빛을 향한 이 향수는 내가 맞는다는 것을 인정해준다. 향수는 또 다른 세계를, 내 진정한 고향을 말해주는 것이다. 몇몇 인간들에게는 그 향수가 여전히 의미를 지닐까? 전쟁이 나던 해, 나는 오디세우스의 순항 길을 다시 한번 더듬기 위해 배를 탈 예정이었다. 그 시절에는 가난한 젊은이도 빛을 찾아서 바다를 건너가는 사치스러운 계획을 세울 수 있었던 것이다. 그러나 나는 그때 남들이 하는 것처럼 했다. 나는 배를 타지 않았다. 열린 지옥문 앞에서 서성이며 줄을 선 행렬 틈에 끼었다. 조금씩 조금씩 우리는 지옥으로 들어갔다. 무고한 학살의 첫 비명과 함께 우리 등 뒤로 철커덕 문이 닫혔다. 우리는 지옥 속에서 지냈고 그 후 다시는 밖으로 나오지 못했다! 6년의 긴 세월 동안 우리는 그 속에서 어떻게 좀 해보려고 발버둥 치고 있다. 행운의 섬들*의 저 뜨거운 환영들은 이제 앞으로 다가올 불도 태양도 없는 긴긴 세월 저 아득한 밑바닥에서나 어른거릴 뿐이다.**

그러할진대 이 습기 차고 어두운 유럽에서, 늙은 샤토브리앙이 그리스로 떠나는 앙페르에게 비명처럼 던진 말을 어찌 회한과 씁쓸한 공감의 전율과 함께 받아들이지 않을 수 있으랴. "자네는 내가 아티카에서 보았던 올리브나무 잎사귀 하나,

* Les iles fortunées. 장 그르니에가 쓴 《섬》 중 한 장의 제목이다.

** "열흘 뒤에 그리스로 떠나려고 합니다." 카뮈는 1939년 8월에 스승 장 그르니에게 이런 편지를 보냈으나 그 직후 제2차 세계대전의 발발로 그 계획을 취소해야만 했다. (《카뮈-장 그르니에 서한집 1932-1960》 참조)

포도씨 한 톨 다시 찾지 못할 걸세. 나는 내 시절의 풀 한 포기까지도 그립다네. 내게는 히스 한 포기 살릴 힘도 없었다네." 그런데 우리들 또한 피 끓는 젊음에도 불구하고 이 마지막 세기의 끔찍한 노화현상에 매몰되어 이따금 모든 시절의 풀을 그리워하고, 그것 하나만 보겠다고 찾아가지는 않을 올리브나무잎을, 자유의 포도송이들을 그리워한다. 인간은 도처에 있고, 인간의 절규와 고통과 위협 또한 도처에 있다. 이렇게 운집한 피조물들 가운데 이제는 귀뚜라미를 위한 자리는 없다. 역사는 히스가 돋아나지 않는 불모의 땅이다. 그런데도 오늘의 인간은 역사를 선택했고, 그 역사를 외면할 수도 없고 외면해서도 안 된다. 그러나 인간은 역사를 제 뜻대로 부리기는커녕 날이 갈수록 조금씩 더 역사의 노예가 되어가고 있다. 바로 이 지점에서 그는 '생각이 대담하고 마음이 홀가분한' 아들 프로메테우스를 배반한다. 바로 이 지점에서 그는 프로메테우스가 구원하고자 했던 인간들의 비참으로 되돌아간다. "그들은 꿈의 형상들처럼, 보되 보지 못하고 귀를 기울이되 듣지 못하니…."

그렇다. 프로방스의 어느 저녁, 윤곽이 완벽한 언덕, 소금 냄새, 이런 것만으로도 만사가 앞으로 남은 할 일임을 깨닫기에 충분하다. 우리는 새로이 불을 발명해야 하고 육체의 허기를 달래기 위해 작업대를 다시 설치해야 한다. 아티카, 자유, 그 포도 수확, 영혼의 빵은 나중 일이다. 우리가 할 수 있는 것이라고는 "그런 것들은 다시는 존재하지 않거나 존재하더라도 다른 사람들을 위한 것이 될 것이다." 이렇게 스스로에게 이렇게 소리치는 것밖에, 그리고 적어도 그 다른 사람들이라도 박탈감을 느끼지 않도록, 꼭 필요한 일을 하는 것밖에 남은 것이 없지 않은가? 고통스러운 마음으로 그렇게 느끼고, 그러면서도 그것을 억울해하지 않으려고 노력하는 우리는 뒤처진 것인가 너무 앞선 것인가, 그리고 우리에게 히스를 다시 살릴 힘이 있는 것일까?

금세기에 제기되는 이 질문에 대한 프로메테우스의 답이 어떤 것일지 상상해본다. 사실 나는 그 대답을 이미 입 밖에 냈더랬다. "오, 필사의 생명들아, 내 그대들에게 개혁과 배상을 약속하노라. 그대들이 충분히 능란하고 충분히 덕스럽고 충분히 강해서 그대들 손으로 개혁과 배상을 처리할 수만 있다면." 구원이 우리들 손안에 있다는 것이 사실이라면, 내가 아는 몇몇 사람들에게서 언제나 느낄 수 있는 신중한 힘과 용의주도한 용기 때문에, 우리들 세기가 제기하는 질문에 대하여 나는 '그렇다'라고 대답하리라. "오 정의여, 오 내 어머니시여, 내가 당하고 있는 고통이 보이지 않는가." 이렇게 프로메테우스는 외친다. 그러면 헤르메스는 영웅을 조롱한다. "명색이 신이라면서 네가 당할 형벌을 내다보지 못했다니 놀랍도다." 반항아는 대답한다. "나는 그걸 알고 있었다." 내가 지금 언급하는 사람들 또한 정의의 아들들이다. 그들 역시 앞뒤 사정을 환히 알기에 만인의 불행을 아파한다. 맹목의 정의란 없다는 것을, 역사에는 눈이 없다는 것을, 그러므로 역사의 정의는 버리고 가능한 한 인간정신이 구상할 수 있는 정의를 거기에 대체해야 한다는 것을 그들은 알고 있다. 바로 이런 면에서 프로메테우스는 우리의 세기로 되돌아온다.

신화는 그것 자체로는 생명이 없다. 그것은 우리가 그것에다가 피와 살을 부여해 소생시켜주기를 기다린다. 이 세상에서 단 한 사람이라도 신화의 부름에 응한다면 신화는 우리들에게 그 싱싱한 즙을 고스란히 제공한다. 우리는 그 즙을 보존하여, 신화의 소생이 가능해지도록 잠이 죽음으로 이어지지 않게 해야 한다. 나는 때로 오늘날의 인간에게 과연 구원이 있을지 의문을 품는다. 그러나 그 인간의 자손들의 몸과 정신을 아울러 구원하는 것은 아직도 가능하다. 그들에게 행복의 기회와 아름다움의 기회를 동시에 제공하는 것이 가능하다. 우리가 아름다움도, 그 아름다움이 의미하는 자유도 다 박탈당한 채 살 수밖에 없다고 체념해야 할 경우, 프로메테우스의 신화는 인간의 그 어떤 훼손도 일시적인 것에 불과하다는 것을, 인간의 온전한 전체에 봉사하지 않는다면 인간에게 전혀 봉사하지 않는 것임을 우리들에게 상기시켜 줄 것이다. 인간은 빵과 히스를 갈구하는데 그중에서 빵이 가장 긴요하다고 할지라도, 우리는 히스의 추억을 간직하도록 노력하자. 역사의 가장 어두운 중심에서 프로메테우스의 인간들은 그들의 고된 일

손을 멈추지 않으면서도 대지에, 그리고 지칠 줄 모르는 히드에 눈길을 던질 것이다. 사슬에 묶인 영웅은 신들이 내린 천둥 번개 속에서도 인간에 대한 그의 태연한 믿음을 버리지 않는다. 이렇게 하여 그는 그의 바위보다도 더 단단하고 그의 독수리보다 더 큰 인내심을 지녔다. 제신들에 대한 반항 이상으로 우리에게 의미 있는 것은 바로 그 오랜 끈기다. 그리고 어느 것 하나 떼어놓지 않고 배제하지도 않으려는 저 경이로운 의지야말로 고통받는 인간의 마음과 이 세계의 봄을 항상 화해시켜 주었고 또 앞으로도 화해시켜줄 것이다.

(1946)

# 과거가 없는 도시들을 위한 간단한 안내

알제의 부드러움은 오히려 이탈리아풍이다. 오랑의 혹독한 광채에는 어딘가 스페인적인 데가 있다. 륌멜 협곡 저 위의 암석 위에 올라앉은 콩스탕틴은 톨레도를 연상시킨다. 그러나 스페인과 이탈리아는 추억과 예술작품과 탁월한 유적들이 차고 넘친다. 그러나 톨레도는 그의 엘 그레코*, 바레스**를 보유했다. 내가 여기서 언급하는 도시들은 그와 반대로 과거가 없다. 따라서 푸근함도 연민도 없는 도시들이다. 권태의 시간,

* El Greco(1541~1614). 그리스에서 태어나 이탈리아에서 수련하고 스페인에서 활동하며 명성을 얻은 화가. 36세 때인 1577년에 마드리드를 거쳐 톨레도에 도착했다. 그의 이름은 스페인어로 '그리스인'이라는 의미의 별명이다.

** Maurice Barrès(1862~1923). 프랑스의 작가, 정치가. 수많은 저작이 있으며, 특히 여행기 〈그레코 혹은 톨레도의 비밀〉(1911)이 대표적이다.

다시 말해서 낮잠의 시간이면, 그곳의 슬픔은 냉혹해서 멜랑콜리가 끼어들 틈이 없다. 아침나절의 햇빛이나 밤의 자연스러운 호사함 속에서도 기쁨은 반대로 감미로운 구석이 없다. 이 도시들은 성찰을 위해서는 아무것도 제공하지 않지만 열정을 위해서는 모든 것을 제공한다. 지혜나 섬세한 취향과는 무관한 도시들이다. 바레스나 그를 닮은 사람들이 그곳에 갔다가는 으깨어져 가루가 될 것이다.

열정(다른 사람들에 대한 열정)이 넘치는 여행자들, 너무 예민한 지성인들, 탐미적인 사람들, 그리고 신혼부부들은 알제리 여행에서 아무것도 얻을 수 없다. 그리고 어떤 절대적인 소명의식 때문이라면 몰라도, 그 누구에게도 은퇴 후 그곳에 가서 아예 자리 잡고 살라고 권할 수 없을 것이다. 가끔 파리에서, 내가 존중하는 사람들이 알제리에 관해서 내게 물을 때면 나는 "거기는 가지 마세요" 하고 소리치고 싶어진다. 이 농담은 그 나름대로 일리가 있다. 그들이 무엇을 기대하고 있는지 알기에 그 기대를 만족시키지 못할 것이 뻔하기 때문이다. 그와 동시에, 나는 이 고장의 매력과 엉큼한 위력을, 이곳에 와서 미적거리는 사람들을 붙잡아 가지 못하게 묶어놓고는 처음에는 아무 질문도 할 수 없게 하다가 결국은 나날의 삶 속에서 잠들어버리게 만드는 그 의뭉스러운 방식을 잘 알고 있다. 얼마나 눈부신지 마침내는 검은색 흰색으로 변하고 마는 그 햇빛의 폭발이 처음에는 어딘가 숨을 틀어막는 느낌을 준다. 우리는 그 햇빛에 몸을 내맡기고 거기에 묶여 지내다가 이윽고 너무나 오래 계속되는 그 광휘가 영혼에 아무 도움이 되지 않는 과도한 쾌락에 불과함을 깨닫게 된다. 그렇게 되면 좀 정신적인 것 쪽으로 돌아오고 싶어진다. 그러나 이 고장 사람들은, 그게 그들의 힘이지만, 정신보다는 마음 쪽인 것 같다. 그들은 당신들의 친구가(얼마나 기막힌 친구인가!) 될 수는 있겠지만 흉금을 털어놓을 상대는 못 될 것이다. 영혼의 소비가 이토록 엄청나고, 흉금을 터놓은 샘물이 숱한 분수들과 석상들과 정원들 사이로 끝도 없이 졸졸 흐르는 이 파리 같은 도시에서라면 그건 어쩌면 좀 겁나는 면이라고 여겨질지 모른다.

그 땅이 가장 많이 닮은 곳은 스페인이다. 그러나 전통을 뺀다면 스페인은 그저 아름다운 사막에 불과할 것이다. 어쩌다가 그곳에서 태어나 살게 됐다면 몰라도, 사막 속으로 물러나서 살겠다고 생각할 수 있는 인간은 어떤 특정한 부류뿐이다. 그 사막에서 태어난 나로서는 어쨌건 방문객처럼 그 고장 이야기를 할 수 없다. 자신이 몹시 사랑하는 여자의 매력을 목록 작성하듯 시시콜콜 꼽는 사람이 있는가. 그러진 않는다. 그녀를 그냥 통째로 사랑하는 것이다. 굳이 말해본다면, 뾰로통해질 때 흔히 짓는 표정이라든가 혹은 고개를 젓는 모습 같은 한두 가지 특히 마음에 드는 점을 꼽을 수는 있겠다. 나는 바로 그런 식으로 알제리와 오랜 관계를 맺어왔다. 그 관계는 아마도 끝날 날이 없을 것이고 그 때문에 나는 이 고장에 대해 아주 명철하게 이야기할 입장이 못 된다. 그저 최선을 다한 끝에, 이를테면 좀 추상적인 방식으로, 자기가 사랑하는 대상 속에서 자기가 좋아하는 면의 어떤 세목을 분간해낼 수는 있을 것이다. 내가 여기서 알제리에 대하여 한번 해보려는 것은 바로 학생이 연습문제 푸는 것과 비슷하다.

그런데 그 고장에서는 무엇보다 젊은이들이 아름답다. 물론 아랍인이 다수고 그밖에 다른 종족들도 있다. 알제리의 프랑스인들은 뜻밖의 혼혈로 형성된 잡종들이다. 스페인인, 알자스인, 이탈리아인, 몰타인, 유대인, 끝으로 그리스인이 그곳에서 서로 만났다. 이런 노골적 잡종교배는 아메리카에서처럼 다행스러운 결과를 가져왔다. 알제 시내를 걸어 다니면서 여인들과 젊은 남자들의 팔목을 살펴보고 파리의 지하철에서 만나게 되는 사람들을 한번 생각해보라.

아직 젊은 축의 여행자들은 그곳의 여자들이 아름답다는 사실 또한 알아차리게 될 것이다. 그 점을 확인해보기에 가장 적절한 곳은 알제의 미슐레가에 있는 대학 카페의 테라스다. 물론 4월의 어느 일요일 아침에 그곳에 가 자리를 차지한다는 조건에서 말이다. 젊은 여자들이 샌들을 신고 눈부신 색깔의 엷게 비치는 옷을 입고 떼를 지어 거리를 오르내린다. 우리는 억지의 수치심 같은 건 버리고 그들의 아름다움을 감탄하며 바라볼 수 있다. 그녀들은 쳐다봐달라고 온 것이다. 오랑에서는 갈리에니 대로변에 있는 생트라 바 또한 훌륭한 전망대다. 콩스탕틴에서는 언제던 야외음악당 주변을 산책하면 된다. 그러나 바다가 수백 킬로미터나 떨어져 있으므로 거기서 만나게 되는 사람들에게는 어쩐지 뭔가 좀 아쉬운 면이 있다. 일반적으로, 그리고 그런 지리적인 위치 때문에, 콩스탕틴이 매력은 덜하지만 권태의 질은 더 섬세하다.

여행자가 여름철에 도착할 경우 가장 먼저 할 일이란 말할 것도 없이 그 도시들을 에워싸는 해변으로 직행하는 일이다. 그곳에서는 한결같이 똑같은, 아니 옷을 덜 걸쳤기 때문에 더욱 눈부신 젊은이들을 보게 될 것이다. 그때 햇빛 때문에 그들은 덩치 큰 야수들의 졸린 눈빛을 하고 있다. 그 점에서 자연과 여자들이 더 야성적인 오랑의 해변이 제일 아름답다.

특이한 것을 찾는 사람들에게 알제는 아랍의 도시를, 오랑은 흑인촌과 스페인인 구역을, 콩스탕틴은 유대인 구역을 보여준다. 알제에는 긴 목걸이처럼 이어지는 바닷가의 대로들이 있다. 그곳은 밤에 산책해야 좋다. 오랑에는 나무가 거의 없지만 이 세상에서 가장 아름다운 돌들이 있다. 콩스탕틴에는 사람들이 사진 찍기 좋은 구름다리가 있다. 바람이 거세게 부는 날이면 다리가 깊은 뤔멜 협곡 위에서 흔들거려 스릴을 느끼게 한다.

감각이 예민한 여행자가 알제에 가면 항구의 궁륭 아래로 가서 아니스 술을 마시고 아침에는 '페슈리' 식당에 가서 막 잡아 와 숯불 화덕에 구워주는 생선을 먹어보라고 권한다. 그리고 지금 그 이름이 생각나지 않는 라리르가의 한 작은 카페에 가서 아랍 음악에 귀를 기울이고, 저녁 여섯 시경에는 구베른망 광장에 있는 오를레앙 대공 조각상 밑 땅바닥에 앉아보고(대공을 보라는 것이 아니라 많은 사람이 지나다니고 기분이 좋기 때문이다), 바닷가 물속에 기둥 박아 세운 일종의 대스홀인 파도바니 식당에 가서 점심을 먹어보라. 인생이 언제나 쉽게만 느껴지는 곳이다. 그리고 아랍인들의 공동묘지를 찾아가 보라. 우선은 거기서 고즈넉한 평화와 아름다움을 만나기 위해서, 다음으로는 우리가 죽은 자들을 안치하는 저 죽음의 묘역들이 얼마나 끔찍한가를 바로 헤아리기 위해서. 끝으로 카스바의 푸줏간 거리로 가서 비장, 간, 간장막, 피가 뚝뚝 떨어지고 있는 피투성이 허파들 사이에서 담배를 피워보라(중세 같은 그곳은 악취 때문에 담배는 필수다).

그 밖에, 오랑에 가면 알제에 대해 험담할 줄 알아야 하고(오랑 항구의 상업적 우월성을 강조해가면서), 알제에 가면 오랑을 조롱할 줄(오랑 사람들은 '제대로 사는 게 뭔지 모른다'는 생각에 주저함 없이 동의해가면서) 알아야 하며, 어떤 경우에도 프랑스 본토보다 알제리가 우월하다는 것을 겸허하게 인정할 줄 알아야 한다. 이렇게 몇 가지를 양보하고 나면 프랑스인들보다 알제리인들이 지닌 실질적 우월성, 즉 그들의 무한한 너그러움과 타고난 환대를 때맞춰 깨달을 것이다.

이정도면 나 역시 이제는 아이러니를 다 멈추고 말해도 좋을 것 같다. 뭐니 뭐니 해도 자기가 사랑하는 것에 대해서 말하는 가장 좋은 방식은 그것에 대해 가벼운 어조로 말하는 것이다. 알제리에 관한 한 나는 늘 내 마음속에 그곳과 나를 잇는 내면의 현絃을, 거기서 나오는 그 맹목적이고 엄숙한 노래를 익히 잘 알고 있는 그 현을 건드리지나 않을까 겁이 난다. 그러나 적어도 나는 알제리가 나의 진정한 고향이라고, 이 세상 어디서든 그 앞에만 서면 저절로 얼굴에 우정의 웃음이 떠오르는 것만으로도 알제리의 아들, 나의 형제를 알아본다고 말할 수 있다. 그렇다. 내가 알제리의 도시들에서 좋아하는 것은 그곳에 사는 사람들과 떼어놓고 생각할 수 없다. 바로 그런 까닭으로 사무실과 집들에서 아직은 어둑한 거리거리로 군중이 왁자지껄 쏟아져 나와 바다가 대로들에까지 흘러가다가 마침내 입을 다물며 잠잠해지고 밤이 다가옴에 따라 하늘의 빛과 해안의 등대들과 도시의 불빛들이 서로 분간할 수 없을 정도로 같은 박동 속으로 차츰 뒤섞이는 저녁 시간이면 나는 그곳에 가 있고 싶어진다. 이리하여 한 민중 전체가 다 같이 이렇게 물가에서 숙연히 명상에 잠기고 무수한 고독이 군중들로부터 뿜어나온다. 바로 그때 시작된다, 아프리카의 저 거대한 밤들이, 당당한 유적流謫이, 고독한 여행자를 기다리는 절망적 열광이….

아니다. 당신의 심장이 그저 미지근할 뿐이거나 당신의 영혼이 그저 빈약한 짐승에 불과하거든, 정말이지 그곳에 가지 말라! 그러나 긍정과 부정, 정오와 자정, 반항과 사랑 사이의 가슴을 찢을 것 같은 갈등을 아는 사람들을 위해서라면, 바닷가에 지핀 모닥불을 사랑하는 사람들을 위해서라면, 그곳엔 어떤 불꽃이 그들을 기다리고 있다.

(1947)

# 헬레네의 추방*

지중해는 안개의 비극성과는 다른 태양의 비극성을 지니고 있다. 어떤 저녁, 산 아래 바닷가 작은 내포內浦의 완벽한 곡선 위로 밤이 내리면, 그때 고요한 바닷물에서는 어떤 고뇌에 찬 충일감이 부풀어오른다. 이런 곳에 오면 우리는 고대 그리스인들이 절망에 닿았을 때 그것은 언제나 아름다움을 통해서, 그리고 아름다움에 내장된 억압적인 그 무엇을 통해서였다는 것을 이해할 수 있다. 이 황금빛의 불행 속에서 비극은 그 절정

* 그리스 신화에 나오는 여신으로 제우스와 레다 사이에서 태어난 세상에서 가장 아름다운 여성. 그녀를 능가하는 미인은 아프로디테 정도를 꼽을 수 있다. 스파르타의 왕 메넬라스와 결혼하여 왕비가 되었으나 트로이의 왕자 파리스에게 유괴되면서 그리스와 트로이 사이의 전쟁이 발발한다. 카뮈는 이 여신을 아름다움의 상징으로 보았다.

에 달한다. 그와 반대로 우리 시대는 추악함과 경련 속에서 그 절망을 길러왔다. 그런 이유로 유럽은 천박해질 수 있다. 혹시라도 고통이 천박질 수 있다면 말이다.

우리는 아름다움을 유배지로 추방했는데 고대 그리스인들은 그 아름다움을 위하여 무기를 들었다. 이것이 가장 큰 차이다. 그러나 이 차이의 뿌리는 멀고 깊다. 그리스 사상은 항상 한계의 개념을 방패로 삼았다. 그 사상은 신성神性과 인간의 이성 그 어느 쪽도 극단에까지 밀어붙이지 않았다. 왜냐하면 신성도 이성도 부정하지 않았기 때문이다. 빛을 통해서 어둠과 균형을 유지하면서 모든 요소를 골고루 다 고려했다. 반대로 우리의 유럽은 전체성을 정복해보겠다고 덤벼든 무분별의 자식이다. 유럽은 제가 찬양하지 않는 것이면 무엇이든 다 부정하듯 아름다움을 부정한다. 비록 각양각색의 방식이긴 하지만 유럽은 오직 한 가지만을 찬양하는데 그것은 바로 이성이 지배하는 미래의 제국이다. 유럽은 영원한 한계들을 포기해버리려고 광분한다. 그러자 곧바로 음산한 복수의 여신들인 에리니에스들이 유럽을 갈가리 찢어놓는다. 복수가 아니라 절도節度의 여신인 네메시스*가 지켜보고 있다. 한계를 넘는 자들은 모조

* 카뮈 사상에 있어 중요한 요소 중의 하나가 바로 "한계"의 개념이다. 그의 세계를 상징하는 신화 체계는 시지프(부조리)에서 출발하여 프로메테우스(반항)을 거쳐 네메시스(한계, 절도)에 이른다.

리 그 여신에게 가차 없이 벌을 받는다.

수 세기에 걸쳐 정의란 무엇인가를 자문해왔던 그리스인들은 오늘날 우리의 정의 관념을 전혀 이해하지 못할 것이다. 그들에게 있어서 공정함이란 어떤 한계를 전제로 했던 반면 오늘날 우리의 온 대륙이 찾으려고 몸부림치는 정의는 전체적**인 정의다. 그리스 사상의 여명기에 헤라클레이토스는 이미 정의가 물질계 그 자체에 테두리를 설정해준다고 상상했다. "태양은 그 테두리를 넘어서지 않으리라. 그렇지 않으면 정의를 수호하는 에리니에스 여신들이 알아차리고 말 것이다."*** 우주와 정신을 궤도에서 이탈시킨 우리는 그 경고를 웃어넘긴다. 우리는 취한 하늘에 우리가 희망하는 태양들을 불붙여 띄운다. 그래도 한계는 역시 존재하며 우리는 그것을 알고 있다. 극단의 착란상태 속에서 우리는 저 등 뒤에 버려둔 어떤 균형을, 많은 시행착오 끝에 다시 찾을 수 있을 것으로 순진하게 믿고 있는 그 균형을 꿈꾼다. 어린아이 같은 환상이다. 그것은 바로 우리의 광기를 물려받은 유치한 민중이 오늘날 우리의 역사를 이끌어가는 것을 정당화하는 환상이다.

** total. 이 말은 19040년 말에서 1950년대 세계를 위협하던 소련의 "전체주의" 역사관과 직결된 표현이다.

*** Y. 바티스티니의 번역. (원주) 헤라클레이토스, 〈단장Fragments〉, Ed. des Cahiers d'art, 1948.

역시 같은 헤라클레이토스가 썼다는 단장斷章은 이렇게 간단히 지적한다. '억측, 진보의 퇴행.' 그 에페수스인으로부터 수 세기 뒤 소크라테스는 사형선고의 위협을 받자, 자기에게는 오직 스스로 알지 못하는 것은 안다고 생각하지 않는다는 단 한 가지 우월성 외에는 그 어떤 우월성도 인정하지 않았다. 수 세기 동안에 걸쳐 가장 모범적이었던 삶과 사상은 무지의 당당한 고백으로 끝맺었다. 그것을 망각함으로써 우리는 결연한 당당함을 망각했다. 우리는 위대함을 흉내나 내는 권력 쪽을 택했다. 우선 알렉산더 대왕을, 다음으로는 비길 데 없이 저속한 영혼으로 교과서를 쓴 저자들이 우리로 하여금 존경하라고 가르치는 로마의 정복자들을 말이다. 그리고 이번에는 우리들 스스로 정복자가 되어 한계선을 이동시켰고 하늘과 땅을 마음대로 다스렸다. 우리의 이성이 세상을 빈터로 만들었다. 마침내 홀로 남게 된 우리는 사막에 우리의 제국을 완성한다. 그렇게 되고 보니, 우리는 자연과 역사가, 미美와 선善이 조화를 이루는 저 높은 균형, 피 흐르는 비극 속에까지 수數의 음악을 도입했던 그 균형을 어떻게 상상인들 할 수 있겠는가? 우리는 자연에 등을 돌리고 있고 아름다움을 수치스럽게 여긴다. 우리들의 초라한 비극에는 사무실 냄새가 나고 그 비극에서 흐르는 피는 끈적한 잉크색이다.

그렇기 때문에 오늘날 우리가 그리스의 후예라고 내세우는 것은 염치없는 일이다. 아니 어쩌면 우리는 그리스의 변절한 자식들이다. 역사를 신의 옥좌에다 모셔놓고 우리는 신정론神政論을 향해 나아가고 있다. 그리스인들이 살라미스 해전에서 죽도록 싸워 물리친, 이른바 야만인들처럼. 우리가 그리스인들과 얼마나 다른지를 알고자 한다면 플라톤의 진짜 적수인 우리 시대의 그 철학자에게 물어봐야 한다. "오직 현대 도시만이 인간 정신이 스스로를 자각할 수 있는 터전을 제공한다"라고 헤겔은 감히 쓰고 있다. 이리하여 우리는 대도시의 시대를 살고 있다. 곰곰이 생각한 끝에 인간은 이 세계에서 자연, 바다, 산, 저녁의 명상과 같은 항구적인 요소를 잘라내 버렸다. 오직 길거리에만 역사가 있으므로 오직 길거리에만 의식이 있다, 이것이 시행령이다. 그 뒤를 이어 우리들의 가장 의미 있는 작품들도 그와 똑같은 편견을 증언하고 있다. 도스토옙스키 이후 유럽의 위대한 문학에서 풍경을 찾아보려야 찾아볼 길이 없다. 역사는 역사보다 먼저 존재한 자연 세계도, 역사를 초월하는 아름다움도 설명하지 못한다. 그래서 역사는 그런 것들을 무시하기로 작정한 것이다. 플라톤은 무의미, 이성, 신화, 이 모든 것을 다 그 안에 담고 있었는데 우리의 철학자들은 무의미 혹은 이성, 그 어느 한쪽만을 담는다. 그 밖의 것에 대해서는 눈을 감아버렸기 때문이다. 두더지가 명상하는 꼴이다.

이 세계를 응시하는 대신 영혼의 비극을 택하기 시작한 것은 기독교다. 그러나 기독교는 적어도 어떤 영적인 본성을 참고했고 그것을 통해서 일정한 불변성을 유지했다. 신이 죽자 역사와 권력만 남았다. 오래전부터 우리 철학자들은 오로지 인간의 천성이라는 개념을 상황의 개념으로 대치시키고, 고대의 조화를 우연의 무질서한 충동이나 이성의 무자비한 운동으로 대체하는 데 모든 노력을 기울였다. 그리스인들은 의지를 이성의 테두리 속에 한정했는데, 반면에 우리는 결국 이성의 중심에 의지의 충동을 갖다놓아, 그 때문에 이성은 살인적으로 되었다. 그리스인들이 볼 때 가치들은 모든 행동에 선행하고 행동의 한계를 분명하게 정해줬다. 현대 철학은 가치를 행동의 끝에다 위치시킨다. 가치들은 존재하는 것이 아니라 만들어져 간다. 우리는 오직 역사가 완결될 때 비로소 그 가치들의 전모를 알 수 있을 것이다. 가치들과 함께 한계도 사라진다. 미래의 가치들에 대한 관념들이 서로 다르고, 바로 그 가치들이 통제력을 갖지 못하면 투쟁이 무한대로 확장되기 때문에 오늘날에는 메시아 신앙들이 서로 대립하고, 그 아우성이 여러 제국의 충돌로 이어진다. 헤라클레이토스에 따르면 무절제는 일종의 화재火災다. 불은 번져가고 니체는 추월당했다. 유럽은 망치로 철학하는 것이 아니라 대포를 쏘아대며 철학한다.*

* 여기서 카뮈는 고대 그리스 철학과 "지중해(정오의) 사상"의 이름으로 헤겔의 역사철학, 그에 이어지는 "존재는 본질에 선행한다"는 사르트르의 실존철학, 나아가 스탈린식 전체주의(공산주의)에 대한 일련의 비판을 이어간다.

그러나 자연은 여기 그대로 있다. 자연은 그의 고요한 하늘과 이치를 인간의 광기에 대립시킨다. 원자原子에 불이 붙고 이성의 승리와 인류의 소멸 속에서 역사가 끝장날 때까지. 그러나 그리스인들은 한계란 넘어설 수 없는 것이라고 말한 적이 없다. 그들은 다만 한계가 존재하며 감히 그 한계를 넘어서는 자에게는 사정없는 징벌이 가해진다고 말했다. 오늘의 역사를 보면 결코 그들의 말을 부정할 수가 없다.

역사적 정신과 예술가는 둘 다 세계를 개조하고자 한다. 그러나 예술가는 그의 본성의 책무에 따라 자신의 한계를 알지만 역사적 정신은 그것을 알지 못한다. 그렇기 때문에 후자의 목표는 전제專制인 반면 전자의 열망은 자유인 것이다. 오늘날 자유를 위해 싸우는 모든 사람은 궁극적으로 아름다움을 위해 투쟁한다. 물론 아름다움 그 자체를 위해 아름다움을 옹호하자는 것은 아니다. 아름다움은 인간 없이는 존재할 수 없으며, 우리는 우리 시대의 불행을 함께함으로써 비로소 우리 시대가 위대함과 의연함을 갖도록 할 수 있다. 이제 우리는 다시는 고독한 개인들이 될 수 없을 것이다. 그러나 인간은 아름다움 없이 살 수 없다는 것 또한 사실인데, 우리 시대는 그 사실을 잊고 싶어 하는 것 같다. 우리 시대는 절대와 제국에 도달하려고 안간힘을 쓰고, 이 세계를 충분할 만큼 다 즐기기도 전에 세계를 변형시키려 들며 이 세계를 이해하기도 전에 세계를 바로잡으려 한다. 우리 시대는, 뭐라고 떠들든 간에, 이 세계를 저

버린다. 오디세우스는 칼립소의 섬에서 불멸과 고향 땅 둘 중 하나를 택할 수 있었다. 그는 땅을, 그리고 그것과 함께 죽음을 택했다. 이토록 단순한 위대함은 오늘의 우리에게 낯설다. 남들은 우리에게 겸손함이 부족하다고 할 것이다. 그러나 그 말은 아무리 생각해도 애매하다. 도스토옙스키의 어릿광대들은 뭐든지 다 할 수 있다고 자랑하며 떠벌리며 별에까지 올라갔다가 결국 공공장소로 내려오는 즉시 창피를 당하는데 그들처럼 우리에게 없는 것은 단지 인간으로서의 자긍심이다. 그것은 바로 자신의 한계를 충실하게 따르고 자신의 조건을 뚜렷이 의식하면서 그 조건을 사랑하는 것을 말한다.

"나는 내 시대를 증오한다." 생텍쥐페리는 죽기 전에 이렇게 썼다.* 그렇게 쓴 까닭은 내가 앞서 언급한 것과 크게 다르지 않다. 인간들을 찬미하고 사랑했던 그의 이 절규가 아무리 감동적이라 해도 우리는 그와 생각을 같이하지는 못한다. 그러나 어떤 시간에는 이 음울하고 삭막한 이 세계로부터 등을 돌려버리고만 싶은 유혹 또한 얼마나 큰가! 그러나 이 시대는 우리의 것이고 우리는 우리 자신을 증오하며 살 수는 없다. 이 시대는 그 결점들의 과다만이 아니라 그 미덕들의 과잉 때문에

* "나는 있는 힘을 다해서 나의 시대를 증오한다. 인간은 이 시대에 목이 말라 죽어간다." (1943년 6월 중순 생텍쥐페리가 X장군에게 썼으나 보내지 않은 편지)

이토록 밑바닥으로 추락했다. 우리는 그 미덕들 가운데 가장 오랜 역사를 가진 미덕을 위하여 싸우리라. 어떤 미덕? 트로이 전쟁에서 파트로클로스가 전사하자 그의 말들이 슬피 운다. 모든 것을 다 잃었다. 그러나 이제 막 우정이 살해당한 것을 목도한 친구 아킬레우스가 복수를 다짐하니 전투는 다시 시작되고 결국 승리를 거둔다. 우정은 하나의 미덕이다.

무지의 인정, 광신의 거부, 세계와 인간의 한계, 사랑받는 얼굴, 그리고 끝으로 아름다움, 이런 것이 바로 우리가 그리스인들과 합류하는 진영이다. 어느 면에서, 미래의 역사의 의미는 흔히들 생각하는 그런 것이 아니다. 그것은 창조와 종교재판 사이의 투쟁 속에 있다. 맨주먹뿐인 예술가들이 치러야 할 대가가 아무리 크다고 할지라도 우리는 그들의 승리를 기대해 볼 수 있다. 다시 한번 더 암흑의 철학은 빛나는 바다 저 위에서 흩어져 사라질 것이다. 오, 정오의 사상이여, 트로이 전쟁은 전장에서 멀리 떨어진 곳에서 벌어진다! 이번에도 또 현대 도시의 끔찍한 성벽들이 무너지며 '바다의 고요함처럼 잔잔한 영혼' 헬레네의 아름다움을 우리에게 넘겨주리라.**

(1948)

** 아이스킬로스가 헬레네를 두고 한 말.

# 수수께끼

하늘 꼭대기에서 쏟아진 햇빛의 물결이 우리들 주위의 들판에서 거세게 튀어 오르고 있다. 이런 소란에도 모든 것이 잠잠하고, 저 멀리 뤼베롱산맥*은 내가 끊임없이 귀를 기울여 듣는 엄청난 침묵의 덩어리에 불과하다. 귀를 기울여 들어보면 멀리서 사람들이 내게로 달려오고 눈에 보이지 않는 친구들이 나를 불러대니 오래전과 다름없는 나의 기쁨이 점점 커진다. 새삼, 어떤 다행스러운 수수께끼 덕분에 나는 모든 것을 이해할 수 있게 된다.

세계의 부조리가 어디 있단 말인가? 이 눈부신 햇빛인가 아

* 카뮈가 1958년 10월에 매입한 보클뤼즈지방의 작은 마을 루르마랭 시골집에서 넓은 포도밭 서북쪽 저 너머로 바라보이는 산줄기.

니면 햇빛이 없던 때의 추억인가? 기억 속에 이토록 넘치는 햇빛을 간직한 내가 어떻게 무의미**를 걸고 내기를 할 수 있었던가? 내 주위에서는 그래서 놀란다. 나도 때로 놀란다. 바로 그 태양이 그렇게 하는 데 도움이 되었다고, 빛이 너무나 강렬한 나머지 우주와 형상들을 캄캄한 눈부심의 덩어리로 응고시켜 버린다고 남들에게, 그리고 나 자신에게 대답할 수도 있을 것이다. 그러나 그건 달리 말할 수도 있는데, 내게는 언제나 진리의 빛이었던 이 희고 검은 빛 앞에서 부조리에 대한 내 생각을 간략하게 밝혀두고 싶다. 내가 너무나 잘 알고 있기에 남들이 부조리에 대해 마구잡이로 논하는 것은 견딜 수 없다. 그래도 역시 부조리를 이야기하다 보면 우리는 다시 햇빛으로 돌아오게 될 것이다.

어느 누구도 '나는 이런 사람'이라고 말할 수 없다. 그렇지만 '나는 이런 사람이 아니'라고는 말할 수 있다. 아직 찾는 중인 사람에게 사람들은 그가 이미 결론을 내렸기를 바란다. 숱한 목소리들이 벌써부터 당신이 찾아낸 건 이것이라고 일러주지만, 그는 그게 아니라는 것을 안다. 그냥 찾기를 계속하면서 남들은 떠들게 내버려두라고? 물론이다. 그러나 때로는 자기방어도 해야 한다. 나는 내가 무엇을 찾고 있는지 모른다. 나

** 카뮈가 《시지프 신화》에서 논하는 '부조리'를 두고 하는 말이다.

는 조심스럽게 그것에다가 이름을 붙여보았다가 앞서 한 말을 취소하고 했던 말을 되풀이하고 전진하다가 후퇴한다. 그런데도 남들은 나보고 결정적인 이름들을, 아니 딱 하나만의 이름을 대라고 오금을 박는다. 그러면 나는 불끈하여 대든다. 이름을 붙인 것은 이미 잃어버린 것이 아닌가? 최소한 내가 말해볼 수 있는 것은 이런 것이다.

한 친구의 말에 따르면 사람은 언제나 두 가지 성격, 즉 자기의 성격과 자기 아내가 붙여주는 성격을 지닌다고 한다. 아내를 사회로 바꿔보라. 그러면, 한 작가가 어떤 감수성의 맥락 전체를 지칭하기 위해 사용한 간결한 표현을 그 표현에 주석을 붙이는 이가 전후 관계를 무시하고 그것만 분리하여, 그 작가가 다른 이야기를 하고 싶어 할 때면, 작가의 코앞에 들여 미는 것을 이해하게 될 것이다. 말은 행동과 같은 것이다. "이 아이는 당신의 핏줄이요? —그렇소. —그러면 당신 아들이군요? —그렇게 간단하지 않아요. 그렇게 간단하지 않다고요!" 이리하여 네르발은 어느 몹쓸 밤에 두 번 목을 매달았다. 한번은 불행한 처지의 자신 때문에, 또 한번은 어떤 사람들의 삶에 도움된다는 그의 전설 때문에.* 아무도 진정한 불행, 그리고 어떤

* 시인 제라르 드 네르발(1808~1855)은 1855년 1월 26일 파리 비에유 랑

종류의 행복에 대해서 논할 수 없다. 그러니 나라고 여기서 그걸 시도해볼 생각은 없다. 그러나 전설이라면 한번 묘사해볼 수는 있는 일이고 잠시나마 그 전설을 씻어 없앴다고 상상할 수는 있다.

작가는 대부분 남에게 읽히기 위해 글을 쓴다(그렇지 않다고 하는 사람들이 있거든 칭찬해주자. 그러나 그 말을 믿지는 말자). 그러나 날이 갈수록 우리나라에서는 작가가 '남에게 읽히지 않는다'는 그 최종적 인정을 받으려고 글을 쓴다. 실제로 대량의 발행 부수를 자랑하는 신문에 흥미진진한 기삿거리를 제공할 수 있게 되는 순간 작가는 아주 많은 사람에게 알려질 가능성이 얼마든지 있다. 그 사람들은 작가의 이름을 알고 그에 대한 다른 사람들의 글만 읽으면 그걸로 충분하므로 작품은 결코 읽히지 않을 것이다. 그는 실제의 그가 아니라 바쁜 신문기자가 그에게 덧씌운 이미지에 따라 알려질(그리고 잊힐) 것이다. 문단에서 명성을 떨치기 위해서 이제는 여러 권의 책을 쓸 필요가 없다. 그냥 석간신문이 다뤘고 따라서 그다음부터는 그걸 깔고 자면 되는 어떤 작품을 한 편 쓴 것으로 통하기만 하면 충분하다.

테른가(지금은 없어진 길로 오늘날의 샤틀레 극장 근처로 추정됨)의 하수구를 막는 철책 기둥에 목을 매 자살한 것으로 알려져 있다. 그러나 후세의 사람들은 그가 혼자 밤길을 가다가 살해되었다고 주장하기도 한다.

크건 작건 이런 명성은 아마도 부당하게 얻은 것이리라. 그러나 어쩌겠는가? 차라리 그런 불편도 유익할 수 있다는 것을 인정하자. 어떤 병은 오히려 바람직하다는 것을 의사들은 알고 있다. 그런 병들은 그 병이 없었더라면 더욱 심각한 불균형 상태로 전이될 수도 있는 기능장애를 그 나름으로 상쇄한다는 것이다. 그래서 이로운 변비도 있고 천우신조의 관절염도 있는 것이다. 성급한 말과 판단의 홍수는 오늘날 모든 공적 활동을 경박함의 대양 속에 빠뜨려놓고 있다. 다른 한편 이런 현상은 작가라는 직업을 지나치게 중요시하는 이 나라에서 적어도 작가가 끊임없이 갖춰야 할 겸손을 가르쳐준다. 잘 알려진 두서너 가지 신문에 자신의 이름이 난 것을 보는 일은 너무나도 혹독한 시련이어서 마땅히 영혼에 약이 되게 마련이다. 사정이 이러하므로 이 나라 사회는 찬양받을지어다. 사회가 찬양하는 위대함이 아무것도 아니라는 사실을 큰 비용 들이지 않고, 바로 그 찬양 자체를 통해 날마다 우리에게 깨우쳐주니 말이다. 그런 사회가 내뱉는 평판의 소리는 떠들썩할수록 더 빨리 소멸한다. 그것은 이 세상의 모든 영광은 지나가는 연기와 같은 것임을 잊지 않으려고 교황 알렉산데르 6세*가 빈번히 자

* Alexander VI(1436~1503). 스페인 대귀족 보르자 가문 출신. 뇌물, 매관매직 등 역사상 가장 타락한 교황인 동시에 탁월한 정치적 식견과 업적을 남긴 유능한 교황이었다. 카뮈는 1939년 말의 《작가수첩》에도 이 교황을

기 앞에 태우게 하던 삼부스러기 불을 생각나게 한다.

그러나 빈정거리는 건 이쯤 해두자. 우리의 주제와 관련해, 예술가는 스스로 자격이 못 됨을 잘 아는 자신의 과분한 이미지가 치과병원이나 이발소 대기실에 굴러다녀도 언짢아하지 말고 감내해야 한다고 말하는 것으로 충분할 것이다. 나는 한창 인기를 끄는 한 작가를 알게 되었는데, 그는 밤마다 몸에 걸친 것이라고는 머리카락뿐인 요정과 손톱이 새까만 목신牧神들이 취기에 들떠 야단법석인 잔치를 주관한다고 알려져 있었다. 그렇지만 그가 책장의 선반 여러 칸을 차지하는 그 많은 작품을 쓸 시간을 어떻게 내는지 한번 자문해보면 좋았을 것이다. 사실은 그 작가도 그의 다른 동료 작가들과 마찬가지로 날마다 책상에 앉아 오랜 시간 동안 작업하기 위해 밤에는 자고, 간을 보호하려고 광천수를 마신다. 그런데도 사하라 사막 같은 검약과 성마른 결벽증으로 소문난 프랑스의 보통 사람들은 우리 작가들 가운데 누군가가 고주망태로 지내고 세수 같은 건 하지도 말라고 떠들어댄다며 격분하는 것이다. 이런 사례는 찾기 어렵지 않다. 나는 남들에게 거만하다는 평판을 손쉽게 얻는 탁월한 요령을 개인적 경험을 통해 제공할 수 있다. 실제로 나는 그런 평판의 짐을 지고 있는데 내 친구들은

언급하고 있다. (《작가수첩 1》 참조)

그게 어지간히도 우스운 모양이다(나로서는 오히려 얼굴이 붉어질 판이다. 그만큼 그런 평판은 부당한 것이고 그 점, 나 자신도 잘 알고 있다). 예를 들어, 그다지 좋게 평가하지 않는 신문의 주필과 저녁 식사를 같이하는 영광을 사양하기만 하면 된다. 단순히 삼가는 것일 뿐인데 그걸 무슨 삐뚤어진 영혼의 결함으로밖에는 상상하지 못한다. 더군다나 그 주필이 내는 만찬을 거절하는 까닭은 실제로 그 주필을 그다지 좋게 평가하지 않아서일 수도 있지만 무엇보다 따분한 식사는 딱 질색이어서라고—사실 진짜 파리풍이라는 만찬보다 더 따분한 게 있겠는가?—까지는 아무도 생각해주지 않을 것이다.

그러니 체념할 수밖에. 그러나 가끔은 쏘는 과녁을 딴 데로 바꿔볼 수도 있는 법이라고, 그래서 언제까지나 부조리만 그리는 화가일 수는 없지 않겠느냐고, 그 누구도 절망의 문학을 신봉할 수는 없다고 누누이 설명할 수는 있다. 물론 부조리의 개념에 관한 에세이를 쓰거나 이미 써본 적이 있을 수는 있다. 그러나 사실 불쌍한 자기 누이를 덮치지 않고도 근친상간에 관한 글을 쓸 수 있다. 나는 소포클레스가 일찍이 자기 아버지를 살해하고 어머니를 욕보였다는 기록은 어디서도 본 적이 없다. 작가가 누구나 자신의 책 속에 반드시 자신에 관해 글을 쓰고 자신의 모습을 그린다는 식의 생각은 낭만주의가 우리에게 물려준 유치한 유산 중의 하나다. 그 반대로 예술가가 우선 남들이나 자기 시대, 혹은 친근한 신화들에 관심을 가지는 것은 얼마든지 가능하다. 혹시 자신을 무대에 등장시킨다 해도 자신의 실제 모습을 보여주는 경우는 예외에 속한다. 한 인간의 작품들은 흔히 자신이 느끼는 향수나 유혹의 이야기를 되새겨보는 것일 뿐 자기 자신의 이야기인 경우는 거의 없다. 그 작품이 자서전적인 내용이라고 표방할 경우는 특히 그 반대다.

일찍이 그 누구도 감히 있는 그대로의 자신을 그리겠다고 나선 적은 없다.

오히려 나는 가능한 한 객관적인 작가가 되었으면 좋겠다. 절대로 자기 자신을 객체로 간주하는 일 없이 주제들을 다루는 작가를 나는 '객관적'이라고 부른다. 그러나 작가 자신과 작가가 다루는 주제를 혼동하는 오늘날의 열병은 작가의 이러한 상대적인 자유를 인정하지 못한다. 이리하여 우리는 부조리의 예언자가 되어버린다. 하지만 나는 내 시대의 길거리에서 마주친 어떤 생각에 대해서 논해보았을 뿐이다. 나의 세대의 모든 사람과 함께 나 역시 그 생각을 품어왔다는 것은 (그리고 또 나 자신의 어느 몫은 지금도 그 생각을 배양하고 있다는 것은) 구태여 말할 필요조차 없다. 다만 나는 그 생각에 대하여 필요한 거리를 유지하면서 그 생각을 다루고 그것의 논리를 규명했을 뿐이다. 그 뒤에 내가 쓴 모든 글은 그 점을 충분히 보여준다. 그러나 뉘앙스의 차이를 고려하며 이해하는 것보다는 딱 부러진 공식을 들이대는 것이 더 편리한 법이다. 사람들은 공식 쪽을 택했다. 그리하여 나는 당연하다는 듯 부조리의 작가가 되어버린 것이다.

그러할진대, 내가 관심을 가지고 그것에 관하여 글을 쓰기도 했던 경험 속에서 부조리는, 비록 그 기억과 그것에서 느낀 감동이 그 이후의 내 사유 과정을 동반한다고 할지라도, 하나의 출발점에 지나지 않는다는 사실을 다시 한번 더 지적해본들 무슨 소용이 있겠는가. 마찬가지로, 모든 차이점을 신중히 고려하며 할 말이긴 하지만, 방법론적인 회의 때문에 데카르트가 꼭 회의론자가 되는 것은 아니다. 어쨌든 간에, 세상에 의미 있는 것은 없다든가 만사에 절망해야 한다는 생각만 하고 사는 것이 어떻게 가능하겠는가? 논리의 밑바닥까지 파고들어가지 않고도 최소한 이런 지적은 할 수 있을 것이다. 즉 절대적인 유물론이란 존재할 수 없다. 왜냐하면 그 말이 성립되기 위해서는 물질 이상의 그 무엇이 존재한다고 말해야 하기 때문이다. 그와 마찬가지로 전적인 허무주의도 존재하지 않는다. 모든 것이 다 무의미하다고 말하는 순간, 우리는 벌써 의미 있는 그 무엇을 표현하는 것이다. 이 세계에 일체의 의미를 부정한다는 것은 결국 모든 가치판단을 폐지하는 것이 된다. 그러나 산다는 것, 그것의 한 예로 영양을 섭취한다는 것은 그 자체가 하나의 가치판단이다. 자기가 죽어가도록 방치하지 않는 그 순간부터 그는 계속해서 사는 쪽을 선택한 것이고, 그리하여 삶의 어떤 가치를, 적어도 상대적인 가치를 인정한 것이다. 절망의 문학이란 결국 무엇을 의미하는가? 절망은 말이 없다. 게다가 두 눈이 말을 하고 있다면, 침묵 그 자체가 어떤 의미를 지닌다. 진짜 절망은 임종의 순간, 무덤, 혹은 심연이다. 절망이 말을 하고, 논리적으로 따지고, 특히 글을 쓰면, 그 즉시 형제가 손을 내밀고, 한 그루 나무가 정당성을 얻고 사랑이 태어난다. 절망한 문학은 그 말 자체가 이미 모순이다.

물론 어떤 낙관주의는 내 소관이 아니다. 나는 내 또래의 모든 사람과 함께 제1차 세계대전의 북소리를 들으며 성장했고, 우리의 역사는 그때 이후 끊임없이 살인, 불의, 폭력의 연속이었다. 그러나 우리가 목도하는 진짜 비관주의는 한술 더 떠서 숱한 잔혹한 짓과 파렴치의 자행에 있다. 나는 이 명예훼손과 끊임없이 싸웠고 오직 잔인한 인간들만을 혐오한다. 우리가 허무주의의 가장 암담한 어둠에 매몰되어 있을 때도 나는 다만 그 허무주의를 극복할 근거를 찾으려고 애썼을 뿐이다. 그것은 무슨 미덕의 발로나 보기 드물게 고귀한 영혼이 힘을 발휘했기 때문이 아니라 어떤 빛에 본능적으로 충실했기 때문이다. 나는 그 빛 속에서 태어났고, 그 빛 속에서 수천 년 동안 인간들은 고통에 시달릴 때까지도 삶을 찬양하도록 배웠다. 아이스킬로스는 자주 절망감을 안겨준다. 그러면서도 그는 빛을 발하고 우리를 따뜻하게 감싼다. 그의 세계의 중심에서 우리가 만나는 것은 빈약한 무의미가 아니라 수수께끼, 다시 말해, 그것이 발하는 눈부신 빛 때문에 잘 판독할 수 없는 어떤 의미다. 그와 마찬가지로 이 헐벗은 세기에 아직도 살아남아 있는,

자격미달이지만 그래도 고집스럽게 그리스에 충실하려고 애쓰는 후손들에게 우리 역사의 화상火傷은 견딜 수 없을 것 같지만, 그들이 그것을 이해하려고 하기 때문에 결국은 견뎌내게 된다. 비록 캄캄한 어둠뿐일지라도 우리의 작품의 중심에는 저 무궁무진한 태양이 빛을 발하며 오늘 벌판과 구릉들을 가로지며 고함친다.

그런 다음에 삼부스러기 불을 태울 수 있다. 우리가 남의 눈에 어떻게 보이건, 부당하게 얻건 그게 무슨 대순가? 우리가 실제로 어떤 존재이며 마땅히 어떤 존재가 되어야 하는가의 문제만으로도 우리의 삶을 가득 채우고 있는 힘을 다 바치기에 충분하다. 파리는 놀라운 동굴이어서 거기 사는 사람들은 제 그림자가 그 안쪽 벽에 비쳐 흔들리는 모습을 보고 그것이 유일한 현실인 줄 안다.* 이 도시가 소비하는 이상하고 덧없는 명성도 마찬가지다. 그러나 파리에서 멀리 떨어진 곳에서 우리는, 빛이 우리 등 뒤에 있으니 그 빛을 정면으로 바라보려면 우리의 인연들을 뿌리치고 돌아서야 한다는 것을, 그리고 우리가 죽기 전에 해야 할 책무는 모든 말을 동원해서 그 빛을 명명하려고 노력하는 것임을 배웠다. 아마도 예술가는 저마다

* 플라톤의 동굴 신화에 대한 암시.

자신의 진실을 찾고 있을 것이다. 그가 위대한 예술가라면 각 작품은 그가 진리에 가까워지도록 할 것이다. 아니 적어도, 언젠가는 모든 것이 모여들어 불타오를 그 중심, 즉 매몰된 태양인 중심에 더욱 가까운 곳을 맴돌 것이다. 그가 보잘것없는 예술가라면 각 작품은 그를 진실에서 멀어지게 할 것이다. 그럴 경우 중심은 도처에 있고 빛은 해체된다. 그러나 예술가의 집요한 탐구를 도와줄 수 있는 쪽은 오로지 그를 사랑하는 사람들, 또 그들 자신을 사랑하고 창조하면서 자신의 정열 속에서 모든 정열의 척도를 찾아내고 그리하여 판단할 수 있는 사람들이다.

그렇다, 이 모든 소음… 평화는 침묵 속에서 사랑하고 창조하는 것인데! 그러나 인내할 줄 알아야 한다. 잠시 뒤면 태양이 입들을 봉해버린다.

(1950)

# 티파자에 돌아오다

너는 아비의 집에서 멀리 떠나 미쳐 날뛰는 혼이 되어
바다의 무수한 암초들을 넘어 항해하더니 이제는
낯선 땅에 살고 있도다.

—〈메데이아〉

닷새째 알제에 비가 그치지 않고 내리더니 마침내 바다까지도 적셔버리고 말았다. 너무나 자욱하다 못해 끈적거리기까지 하며 그칠 줄 모르는 빗줄기가 무궁무진한 하늘 꼭대기에서 내포 위로 덮치고 있었다. 거대한 스펀지처럼 물렁물렁한 회색 바다는 윤곽이 보이지 않는 해안선에서 부풀어 오르고 있었다. 그러나 해수면은 부동의 빗발 아래서 거의 까딱도 하지 않는 것 같았다. 다만 이따금씩 눈에 보이지 않는 거대한 움직임이 혼탁한 수증기를 바다 저 위로 밀어 올리면 그 수증기가 물에 젖은 허리띠 같은 대로들 아래의 항구로 다가오곤 했다. 도시 그 자체, 물기가 흘러내리는 그 모든 흰 벽들이 그와는 또 다른 김을 내뿜는 바람에 그것이 바다에서 오는 수증기와 다시 만났다. 그래서 어느 쪽으로 몸을 돌려도 물을 숨 쉬는 것 같아서 마침내는 공기가 물같이 들이키게 되는 것이었다.

나에게는 여전히 여름 도시로만 마음에 간직된 그 12월의 알제에서, 물에 젖은 바다를 앞에 두고 나는 거닐었고, 기다렸다. 나는 유럽의 밤을, 얼굴들의 겨울을 피해서 도망쳐 나온 참이었다. 그러나 여름의 도시에조차 웃음이 사라졌고 비에 젖어 번들거리는 구부정한 등들만 보였다. 저녁에 안식처를 찾아 요란하게 불을 밝힌 카페에 들어서면 이름은 몰라도 낯이 익은 얼굴들에서 내 나이를 읽었다. 나는 다만 그 사람들이 나처럼 젊었지만, 이제는 젊지 않다는 것을 알 뿐이었다.

나는 내가 무엇을 기다리고 있는지 모르면서 고집스레 버티고 있었다. 아마, 티파자로 돌아가게 될 때를 기다리는 것이었다. 젊은 시절의 고장으로 돌아가서, 자신이 스무 살 적에 사랑했던, 혹은 강렬하게 즐겼던 것을 마흔 살에 다시 살아보려는 것은 커다란 광기, 언제나 벌을 받게 마련인 광기다. 그러나 전에 나는 이미 그 광기의 경고를 받은 적이 있다. 내게는 청춘의 끝을 의미하는 전쟁의 시절이 끝나자 이미 한 차례 티파자에 돌아왔던 적이 있다. 나는 그곳에서 잊을 수 없는 어떤 자유를 다시 찾을 수 있으리라고 기대했던 것 같다. 20년도 넘게 지난 그 옛날, 나는 그곳에서 여러 아침나절을 송두리째 보내며 폐허들 가운데로 헤매고 다니며 압생트 냄새를 맡았고, 돌에 기대어 몸을 데웠고, 봄이 지나도록 살아남았다가 금방 꽃잎이 지고 마는 작은 장미꽃들을 찾아다녔다. 매미들도 녹초가 되어 잠잠해지는 시간인 정오에야 비로소 나는 모든 것을 태워 없애는 빛의 탐욕스러운 불길을 피해 도망쳤다. 밤이면 가끔 별들이 넘치도록 돋아난 하늘 아래 뜬눈으로 잠자곤 했다. 그 때야말로 나는 살고 있었다. 그로부터 15년 후 첫 물결이 지척에 밀려드는 나의 폐허를 다시 찾았고, 씁쓸한 나무들로 뒤덮인 벌판을 가로질러 잊힌 옛 도시의 길들을 따라 걷고 해안을 굽어보는 언덕들 위에서 빵 색깔의 돌기둥들을 다시 어루만져 보았다. 그러나 지금은 폐허에 철조망을 둘러쳐 놓아서 허용된 입구를 통해서만 안으로 들어갈 수 있었다. 풍기 단속을 위해선 듯 밤에는 그 안에 들어가 돌아다니는 것도 금지되어 있었다. 낮에는 정식 경비원이 지키고 있었다. 아마 우연이겠지만 그날 아침 폐허 전역에 비가 내리고 있었다.

방향을 잃은 채 호젓하고 젖은 들판을 걸으며 나는 지금까지도 변함없는 그 힘, 내 능력으로는 바꿀 수 없음을 일단 인정하고 나면 있는 것 그대로 받아들이도록 도와주는 그 힘이나마 되찾으려고 애를 썼다. 사실 나는 시간의 흐름을 거슬러 올라가, 지난날 사랑했지만 단 하루 사이에 사라져버린 얼굴들을 이 세계에 되찾아줄 수는 없었다. 1939년 9월 2일, 과연 나는 예정했던 그리스 여행을 떠나지 못했다. 그 대신 전쟁이 우리에게까지 찾아왔고, 이어 그리스 그 자체를 휩쓸어버렸다. 그날 나는 시커먼 물이 가득 고인 석관 앞에서, 혹은 비에 흠뻑 젖은 타마리스 나무들 아래서, 햇빛에 달궈진 폐허와 철조망 사이에 가로놓인 그 거리, 그 세월을 또한 내 속에서 다시 찾았다. 애초에 나는 내 유일한 재산인 아름다움의 장관 속에서 자랐다. 나는 우선 충만함으로 시작했었다. 그다음에 철조망이, 즉 압제, 전쟁, 경찰, 반항의 시대가 왔다. 밤과의 한바탕 결판을 내야 했다. 대낮의 아름다움은 이제 한갓 추억에 불과했다. 그리하여 그 진창의 티파자에서는 추억 그 자체가 희미해졌다. 분명 아름다움, 충만감, 혹은 젊음을 찾아 이곳에 왔건만! 화재의 불빛 속에서 세계가 돌연 묵은 것과 새것 가리지 않고 주름살들과 상처들을 다 드러내 보였다. 세계가 단번에 늙어버렸고 또 그와 함께 우리도 늙어버렸다. 내가 이곳에 와서 찾고자 한 그 충동, 그것은 자신이 이제 앞으로 달려 나간다는 것을 의식하지 못하는 사람에게만 유효한 것이어서 그때 비로소 그를 떠오르게 한다. 나는 그 사실을 잘 알고 있었다. 약간의 순수함이 없이는 사랑도 없다. 순수함은 어디에 있었던가? 제국들이 무너졌고 민족들과 인간들이 서로 목을 물어뜯었고 우리들의 입은 더럽혀졌다. 처음에는 순수한 줄 모르고 순수했던 우리가 이제는 원치 않으면서 죄인이었다. 우리가 아는 것이 많아지면서 신비도 더 커졌다. 그런 까닭에 우리는, 오, 이 무슨 어이없는 일인가, 도덕에 매달린다! 장애자가 되어 미덕을 꿈꾸다니! 순수하던 때의 나는 도덕이 존재하는 줄도 몰랐다. 이제는 그걸 알지만 그 도덕의 높이에서 살 능력이 없었다. 지난날 내가 좋아했던 언덕 위, 허물어진 사원의 비에 젖은 돌기둥들 사이에서, 포석들과 모자이크들 위로 아직도 누군가 걸어가는 발걸음 소리가 들리고 나는 그의 뒤를 따라 걷고 있지만 이제 다시는 그를 따라잡지 못할 것 같았다. 나는 다시 파리로 돌아가고 몇 해를 더 지내다가 내 고향으로 다시 돌아온 것이다.

그렇지만 그 모든 세월 동안 내게는 늘 무언가 알 수 없는 결핍이 있었었다. 한 번 강렬한 사랑을 경험해보고 나면 남은 인생은 그 격정과 빛을 다시 찾으려다가 다 지나간다. 아름다움, 그 아름다움에 따르는 관능적 행복을 포기하고 불행에만 전적으로 매달리자면 내가 갖추지 못한 어떤 위대한 능력이 요구된다. 그러나 결국 배타적 제외를 강요하는 것치고 참다운 것은 없다. 고립된 아름다움은 결국 인상을 찌푸리게 되고 혼자만의 정의는 마침내 억압되고 만다. 다른 한쪽을 배제하고 한쪽만을 섬기려는 자는 아무도, 심지어 자기 자신도 섬기지 못하며 필경은 갑절로 불의를 섬기게 된다. 지나치게 경직된 나머지 무엇을 보아도 감격할 줄 모르고, 모든 것이 다 뻔해 보이는 날이 오면 인생은 되풀이의 나날이 된다. 그것은 유배의 시간, 메마른 삶의 시간, 죽은 영혼의 시간이다. 다시 살려면 어떤 은총, 자기 망각 혹은 고향이 필요하다. 어떤 아침에, 어느 길모퉁이를 돌 때 감미로운 한 방울의 이슬이 심장 위에 떨어졌다가 증발한다. 그러나 신선함은 여전히 남아 있다. 심장이 요구하는 것은 언제나 그 신선함이다. 나는 다시 떠날 필요가 있었다.

그리하여 두 번째로 찾아온 알제에서, 다시는 돌아올 수 없으리라 여기며 떠난 그날 이후 한 번도 그친 적이 없는 듯한 바로 그 빗줄기 속을 걸으며, 비 냄새, 바다 냄새 풍기는 그 한없는 멜랑콜리 속에서, 안개 낀 하늘, 빗줄기를 피해 사라져가는 사람들의 그 등짝들, 유황 불빛에 사람의 얼굴들이 일그러져 보이는 그 카페들에도 아랑곳하지 않고 나는 끝끝내 희망을 버리지 않았다. 사실 알제의 비는, 절대로 그치지 않을 것만 같다가도 어느 한순간에 뚝 그쳐 버린다는 것을 나는 이미 알고 있지 않았던가? 마치 단 두 시간 만에 무섭게 불어나 땅 수 헥타르를 휩쓸었다가 돌연 바싹 말라버리는 내 고향의 그 강물들이 그렇듯. 과연 어느 날 저녁 비가 뚝 그쳤다. 나는 하룻밤을 더 기다렸다. 물기 있는 아침이 순결한 바다 위로 눈부시게 솟아올랐다. 물에 씻기고 또 씻기고, 거듭되는 세탁으로 인하여 가장 미세하고 가장 선명한 씨실이 다 드러난, 눈동자같이 신선한 하늘에서 진동하는 빛이 내려와 각각의 집마다, 나무마다 뚜렷한 윤곽, 경이로운 새로움을 주고 있었다. 세계가 처음 생겨나던 아침에 대지는 이런 빛 속에서 솟아났을 것이다. 나는 다시 티파자 가는 길로 나섰다.

내게는 69킬로미터 거리의 그 길 어느 한 곳 추억과 감동이 깃들지 않은 데가 없다. 거칠던 어린 시절, 버스의 엔진 소리에 뒤섞이던 청소년 시절의 몽상들, 아침들, 싱그러운 여자애들, 해변의 모래사장들, 언제나 힘을 주어 팽팽하기만 하던 젊은 근육들, 열여섯 살 가슴속에 찾아드는 저녁의 가벼운 불안,

살려는 욕망, 영광, 그리고 오랜 세월 동안 늘 한결같은 하늘, 힘과 빛이 무진장인 그 하늘은 그 자체가 만족을 모르기에 몇 달 동안 계속 저 무시무시한 정오의 시각이면 바닷가 모래밭에 십자가 모양으로 바쳐진 제물들을 하나씩 삼켜버렸다. 아침 녘에는 거의 감지되지 않는, 그러면서도 또한 늘 같은 바다. 길이 사헬 지역과 청동빛 포도밭 언덕들을 벗어나 해안 쪽으로 내려가자마자 지평선 끝에 다시 보이는 바다. 그러나 나는 바다를 보려고 발걸음을 멈추지는 않았다. 슈누아를 다시 보고 싶었다. 단 한 덩어리로 뚜렷하게 드러나는 육중하고도 단단한 그 산, 서쪽으로 티파자 물굽이를 끼고 돌아 이번에는 저 자신이 바닷물 속으로 들어가는 슈누아. 가까이 가 닿기 훨씬 전부터 아직 하늘과 잘 분간이 되지 않는 푸르고 가벼운 수증기 같은 그 산을 멀리서 알아볼 수 있다. 그러나 우리가 가까이 다가감에 따라 그것은 조금씩 조금씩 압축되면서 주변의 바닷물 색깔을 띠기에 이르는데 마치 그 엄청난 물결의 충동이 단번에 잔잔해진 바다 저 위에서 갑자기 딱 정지한 것 같은 거대한 부동의 파도다. 더 가까워져서 거의 티파자 마을 입구에 이르면 바야흐로 갈색과 녹색의 준엄한 산더미, 그 무엇에도 동요되지 않을 이끼 낀 늙은 신神, 나를 포함한 그의 아들들에게 피난처요 항구인 그 신이 눈앞에 나타난다.

바로 그 산을 바라보면서 나는 마침내 철조망을 넘어 폐허 속으로 들어선다. 그러자 나는 12월의 영광스러운 빛 아래서,

내가 찾으러 온 그것을, 시대와 세계와 무관하게, 그 인적 없는 자연 속에서 나에게, 진정으로 나 혼자에게만 주어진 바로 그것을 정확하게 되찾았다. 이는 평생에 오직 한두 번밖에 일어나지 않는 것이어서 그 뒤 더는 여한이 없다고 느끼는 그런 경험이다. 올리브 열매가 흩뿌려진 고대 광장에서 아래쪽으로 마을이 보였다. 거기서는 아무 소리도 들려오지 않았다. 옅은 연기만 투명한 공기 속으로 피어오르고 있었다. 싸늘하게 반짝이는 햇빛이 끊임없이 쏟아붓는 샤워에 숨이 막힌 듯 바다도 잠잠했다. 슈누아산 쪽에서 들려오는 아득한 수탉 울음소리만이 홀로 대낮의 덧없는 영광을 찬양하고 있었다. 폐허 쪽으로는 시선이 닿는 한 수정같이 맑은 대기 속에, 얽은 돌멩이들과 압생트 풀들, 나무들과 완벽한 돌기둥들밖에는 보이는 것이 없었다. 헤아릴 수 없는 한순간에 아침나절이 고정되고 태양이 멈춰버린 것 같았다. 그 빛과 침묵 속에서 여러 해 동안의 분노와 어둠이 천천히 녹아가고 있었다. 나는 마치 오래전에 멎은 심장이 가만히 뛰기 시작하듯 거의 잊고 있던 어떤 내면의 소리에 귀를 기울였다. 그러자 드디어 깨어난 나는 침묵을 구성하는 극히 미세한 소리들 하나하나를 가려낼 수 있었다. 새들의 이어지는 저음, 바위 아래 바다의 가볍고 짧은 한숨, 나무들의 설렘, 돌기둥들의 눈먼 노래, 압생트들이 서로 스치는 소리, 도마뱀들의 순간적인 움직임. 나는 그것을 듣고 있었고 또한 내 속에서 솟구쳐 오르는 행복한 물결에도 귀를 기울였다. 나는 비록 한순간이지만 마침내 항구로 돌아왔고 그 순간이 이제부터는 끝이 없을 것 같았다. 그러나 잠시 후 해가 하늘에서 한 눈금 성큼 올라갔다. 티티새가 한 마리 짤막한 전주곡을 노래하자 이내 온 사방에서 새들의 노랫소리가 힘과 환희와 즐거운 불협화음과 무한한 황홀감과 함께 폭발했다. 한낮이 다시 움직이기 시작했다. 그 행진이 나를 저녁까지 실어다줄 것이다.

정오가 되자 나는 지난 며칠 동안 미쳐 날뛰던 성난 파도가 물러가면서 남겼음직한 거품처럼 헬리오트로프로 뒤덮이고 반은 모래땅인 비탈 위에 서서 그 시각이면 기진한 동작으로 아주 조금씩 부풀어오를 뿐인 바다를 바라보면서 두 가지의 갈증을 충족시킬 수 있었다. 오랫동안 속임수로 달래려 들면 그만 존재 자체가 말라 오그라들수 있는 그 갈증은 다름 아닌 사랑과 찬미였다. 왜냐하면 사랑받지 못하는 것은 그저 불운이지만 사랑하지 못하는 것은 불행이니까. 오늘날 우리는 모두가 그 불행으로 죽어가고 있다. 피와 증오가 심장 자체를 말려 죽이기 때문이다. 오랫동안 정의를 요구하다보면 정의의 원천인 사랑이 바닥나고 만다. 우리가 몸담고 있는 이 아우성 속에서 사랑은 불가능하고 정의는 역부족이다. 그렇기 때문에 유럽은 대낮을 증오하면서 오로지 불의와 맞서는 일만 하는 것이다. 그러나 정의가 말라비틀어져서, 과육이 씁쓸해지고 메말라 허울뿐인 오렌지가 되는 것을 막으려면 자신의 내면에 어떤 신선함을, 어떤 기쁨의 샘을 온전히 간직하고 있어야 하며, 불의를 모면할 수 있는 대낮을 사랑해야 하고, 그렇게 전취한 빛을 지닌 채 투쟁의 자리로 돌아가야 한다는 사실을 나는 티파자에서 다시 발견했다. 나는 여기서 오래된 아름다움을, 젊은 하늘을 다시 찾았고 우리가 광기에 사로잡혔던 최악의 세월 속에서도 그 하늘의 기억이 한 번도 내게서 떠난 적이 없었음을 마침내 깨달으면서 나의 행운을 가늠할 수가 있었다. 결국 내가 절망하는 것을 막아준 것은 바로 그것이었다. 티파자의 폐허가 우리의 공사장이나 파괴의 잔해들보다 더 젊다는 것을 나는 늘 알고 있었다. 거기서 세계는 날마다 항상 새로운 빛 속에서 다시 시작되고 있었다. 오, 빛이여! 이것은 고대극 속에서 그들의 운명과 마주 선 모든 등장인물이 내지르는 외침이다. 이 마지막 호소는 또한 우리들의 것이기도 하니, 나는 이제 그걸 잘 알고 있었다. 겨울의 한가운데에서 마침내 내 속에 억누를 길 없는 여름이 담겨 있다는 것을 깨달았던 것이다.

나는 다시 티파자를 떠나 유럽과 유럽의 투쟁으로 돌아갔다. 그러나 그 한나절의 기억은 아직도 나를 떠받쳐주고 있으며 열광하게 하는 것과 억압하는 것을 똑같은 마음으로 맞아들이도록 도와준다. 우리가 처해 있는 이 어려운 시간에 그 어느 것도 배제해서는 안 된다는 것, 그리고 흰 실과 검은 실로 끊어지려 할 만큼 팽팽한 끈을 꼬는 방법을 배우는 일, 그것 말고 내가 무엇을 더 바랄 수 있겠는가? 지금까지 내가 행하거나 말한 모든 것에서는 이 두 가지 힘을 엿볼 수 있는 것 같다. 심지어 그 두 가지 힘이 서로 모순될 때까지도 말이다. 나는 내가 그 속에서 태어난 빛을 부정할 수 없었고, 그러면서도 또 이 시대가 강요하는 온갖 억압들을 마다하고 싶지가 않았다. 여기서 티파자라는 부드러운 이름에 보다 더 요란스럽고 잔인한 다른 이름들을 대립시켜보는 것은 쉬운 일이다. 오늘날 인간들에게는, 내가 양쪽으로 다 밟아봤었기에 잘 알고 있는, 정신의 언덕들에서 범죄의 대도시들로 가는 한 가닥 내면의 길이 있다. 물론 우리는 언제나 언덕 위에서 쉬고 잠잘 수도 있고 아니면 범죄 속에 기숙할 수도 있다. 그러나 존재하는 것의 한쪽 몫을 포기한다면 스스로 존재하기를 포기해야 한다. 그러므로 남에게 위임시키는 것과는 다른 방식으로 살고 사랑하거나 사는 것을 포기해야 한다. 그래서 삶의 그 어느 것 하나도 마다하지 않고 살려는 의지가 있으니 이는 바로 내가 이 세상에서 가장 존중하는 미덕이다. 적어도 이따금씩이나마 내가 그 미덕을 실천에 옮겼다고 여기고 싶은 때가 있는 것은 사실이다. 우리 시대만큼 최선과 최악을 똑같이 대하기를 요구하는 시대는 없으므로 나는 바로 아무것도 배제하지 않은 채 이중의 기억을 정확히 간직하고 싶다. 그렇다. 아름다움이 존재하는가 하면 모멸당하는 사람들도 있는 것이다. 해내기가 아무리 어렵다고 할지라도 나는 절대로 그 어느 한쪽에도 불충실하고 싶지는 않다.

이것 역시 어떤 도덕을 닮았지만, 우리는 도덕을 넘어서는 그 무엇을 위하여 살고 있다. 그것에다가 이름을 붙일 수만 있다면 얼마나 고요하겠는가! 티파자 동쪽의 생트살자 언덕 위 저녁 속엔 무엇인가 깃들어 있다. 사실 아직은 환하지만 빛 속에는 보이지 않는 어떤 쇠락의 기미가 낮의 끝을 알린다. 밤처럼 가벼운 바람이 일고 돌연 물결 잔잔한 바다가 어떤 방향을 향하면서 거대하고 빈약한 강처럼 수평선의 끝에서 끝으로 흐른다. 하늘빛이 어두워진다. 그러자 신비가, 밤의 제신들이, 쾌락의 피안이 시작한다. 그렇지만 그것을 어떻게 옮겨 설명하면 좋을 것인가? 내가 이곳에서 가져가는 작은 동전의 가시적인 한쪽 면은 내가 그 한나절 동안에 배운 모든 것을 내게 복기해주는 여자의 고운 얼굴, 돌아오는 동안 내 손가락 끝에 만져지는 다른 한쪽 면은 녹이 슬어 패였다. 저 입술 없는 입이 무엇을 말할 수 있으랴. 그것은 다만 날마다 내게 내 무지와 내 행복을 일깨워주는 또 하나의 신비스러운 목소리가 내 안에서 들려주는 다음과 같은 이야기가 아니겠는가.

"내가 찾는 비밀은 올리브나무들 골짜기 속, 싸늘한 풀과 제비꽃 아래, 포도넝쿨 냄새 나는 어느 낡은 집 둘레에 깊이 묻혀 있다. 20년이 넘도록 나는 그 골짜기를, 그리고 그와 비슷한 다른 골짜기들을 두루 다녔고 언어장애 염소치기들에게 물어봤으며 사람이 살지 않는 폐허의 문을 두드렸다. 때로는 아직

훤한 하늘에 첫 별이 돋을 무렵, 가냘픈 빛의 비를 맞으며 나는 안다고 믿었다. 사실 나는 알고 있었다. 나는 늘 알고 있다, 아마도. 그러나 아무도 그 비밀을 원치 않으며 어쩌면 나 자신 또한 그것을 원치 않으니, 그래서 나는 내 가족들과 떨어질 수가 없다. 내 가족들 가운데서 나는 살고 있다. 돌과 안개로 지은 부유하고 끔찍한 도시들을 지배한다고 믿는 그 가족은 밤낮으로 목청 높여 지껄이며 그 무엇 앞에서도 굽힐 줄 모르는 그 가족에게 모두가 다 굽실거린다. 그들은 모든 비밀에 귀를 막고 있는 것이다. 나를 떠받쳐주는 가족의 권력이 내게는 권태롭기만 하고 가족의 고함에 진력이 나기도 한다. 그러나 그들의 불행은 나의 불행이다. 우리는 한 핏줄인 것이다. 마찬가지로 장애인에 공범에 시끄러운 나 또한 돌들 가운데서 고함치지 않았던가? 그래서 나는 잊으려고 애를 쓰고 우리네 쇠와 불의 도시들 속으로 걸어 다니며, 어둠에 씩씩하게 미소를 던지고 소리쳐 뇌우를 부르며 일편단심 변치 않으리라. 사실 나는 잊어버렸다. 이제부터는 능동적이며 청각장애인이 되리니. 그러나 아마도 어느 날 우리가 탈진과 무지로 죽음을 맞게 될 때 나는 떠들썩한 우리들의 묘지를 버리고 그 골짜기의 바로 그 빛 아래로 찾아가 누워 내가 알고 있는 것을 마지막 한 번 배울 수 있을지도 모른다."

(1952)

# 가장 가까운 바다

## 항해일지

나는 바다에서 자랐고 가난이 내게는 호사스러웠는데, 그 뒤 바다를 잃어버리게 되자 모든 사치는 잿빛이, 가난은 내게 견딜 수 없는 것이 되었다. 그 후부터 나는 기다린다. 귀항하는 선박들, 물의 집들, 청명한 날을 기다린다. 나는 지그시 견디고 있는 힘을 다해 예의 바르다. 사람들이 볼 때 나는 아름답고 교양 있는 거리들을 지나다니고, 경치에 감탄하고 모든 사람처럼 박수를 치고 손을 내밀지만, 말을 하는 것은 내가 아니다. 사람들이 나를 칭찬하면 나는 조금 꿈에 잠기고, 모욕을 받으면 아주 약간 놀란다. 그러고 나서 나는 잊어버리고 나를 모욕하는 이에게 미소 짓고 혹은 내가 좋아하는 사람에게 너무 공손하게 인사한다. 내가 기억하는 것은 단 하나의 이미지뿐이니 어찌하겠는가? 사람들은 마침내 내가 어떤 인물인지 말하라고 다그친다. "아직은 아무것도 아니오, 아직은 아무것도 아니오…."

내가 뛰어난 실력을 발휘하는 것은 장례식에서다. 나는 정말이지 탁월해진다. 나는 고철 쓰레기가 꽃 핀 듯 널린 변두리 동네를 천천히 걸어 시멘트 나무들이 늘어선 대로로 접어든다. 대로는 차가운 땅에 파놓은 구멍들로 인도한다. 거기서 나는 상처를 감싼 붕대가 약간 붉게 물든 하늘 아래서 대담한 동지들이 내 친구들을 3미터 깊은 땅속에 매장하는 광경을 바라본다. 흙 묻은 어느 손이 내게 내미는 꽃을 받아 던질 때 꽃은 영락없이 구덩이 속에 떨어진다. 내 경건함은 정확하며 감동은 어김이 없고 목은 단정하게 숙인다. 남들은 내 말이 적절하다고 추켜세운다. 그러나 나는 칭찬받을 자격이 못 된다. 나는 그저 기다릴 뿐이다.

나는 오랫동안 기다린다. 때로는 비틀거리고 하는 짓이 서툴러 성공을 놓친다. 아무러면 어떠랴, 그때 나는 혼자인 것을. 그리하여 밤중에 잠이 깨어 선잠결에 파도 소리가, 물이 숨 쉬는 소리가 들린다고 느낀다. 완전히 잠이 깬 나는 나뭇잎들 속에 이는 바람 소리와 인적이 끊긴 도시의 불행한 웅성거림을 알아챈다. 그러고 나면, 내 비탄을 감추거나 유행에 맞추어 윤색하기에는 내 재간이 턱없이 부족하다.

또 어떤 때는 반대로 남의 도움을 받는다. 뉴욕에서, 어떤 날에는, 수백만의 인간들이 헤매고 다니는 돌과 강철로 판 우물들의 깊은 밑바닥에서 길을 잃고 그 끝을 찾지 못한 채 이 우물에서 저 우물로 쫓아다니다가 지쳐버린 나는 마침내 몸을 지탱해주는 것은 그들 또한 출구를 찾고 있는 인파뿐임을 깨닫는다. 그때 나는 숨이 막히고 공포에 질려 소리를 지를 판이었다. 그러나 그때마다 예인선이 멀리서 보내는 신호 소리가 나에게 마른 물탱크 같은 그 도시가 어떤 섬이라는 것을, 그리고 배터리공원* 끝 돌출부에서 시커멓게 썩고, 속이 빈 코르크들로 뒤덮인 세례의 물이 나를 기다리고 있다는 것을 상기시켰다.

이리하여, 아무것도 가진 것이 없고 재산은 남에게 주고 내 모든 집들 근처에서 야영하는 나는 그래도 무엇이든 원하면 만족을 얻고 어느 때고 출항할 준비가 되어있으니 절망이 내겐 아랑곳없다. 절망한 자에게는 조국이 없는 법, 나는 바다가 앞장서고 뒤를 따른다는 것을 아는 터이니 언제나 준비된 광기가 내 안에 있다. 서로 사랑하면서 헤어져 지내는 이들은 고통 속에 살겠지만 그것은 절망이 아니다. 그들은 사랑이 존재한다는 것을 안다. 내가 눈물 없이 이 귀양살이를 견디고 있는 것은 바로 그 때문이다. 나는 아직도 기다린다. 어느 날이 오면, 마침내….

뱃사람들의 맨발이 갑판을 가만가만 구른다. 우리는 해가 떠오를 때 출발한다.** 항구를 벗어나자 짧고 세찬 바람이 힘차

* 뉴욕 맨해튼 남쪽 끝에 위치한 공원으로 리버티섬으로 가는 페리를 탈 수 있다. 카뮈는 1946년 3월 뉴욕을 방문해 문명의 위기에 관한 강연을 했다.

** 카뮈는 1949년 6월 30일 마르세유에서 출발하여 7월 21일 리우데자네이루에 도착 예정인 여객선 캄파나호에 승선했다. 그는 일등실 승객이었다.

게 솔질하고 바다는 거품이 일지 않는 잔물결들로 변한다. 잠시 후 바람이 싸늘해지며 동백꽃 물을 흩뿌리다가 그것도 곧 사라진다. 이리하여 아침나절 줄곧 우리의 돛들은 유쾌한 활어 수조 위에서 펄럭거린다. 바닷물은 무겁고, 비늘을 드러내며 서늘한 거품으로 뒤덮인다. 이따금 파도가 뱃머리에 와 부딪혀 짖어댄다. 제신들의 타액인 양 씁쓸하고 미끈거리는 거품이 선체의 나무벽을 따라 물속까지 흘러가서는 그 속에서 지워졌다가 다시 살아나는 형상들로 흩어진다. 푸른색과 흰색의 암소, 기진맥진한 짐승의 털 같은 그 형상은 우리 배가 지나간 항적 뒤에 오래 남아 표류한다.

출발 이후 갈매기들이 별로 힘들이지 않고 거의 날갯짓도 하지 않은 채 우리 배를 따라온다. 그들의 아름다운 직선 비행은 미풍을 타는 듯 마는 듯하다. 느닷없이 부엌께에서 풍덩 하고 뭔가 요란하게 떨어지는 소리가 갈매기들 사이에 식욕을 자극하는 경보음을 던지자 새들의 아름다운 비상이 그만 뒤죽박죽으로 헝클어지면서 하얀 날개들의 화염 덩어리가 불꽃을 일으킨다. 갈매기 떼는 미친 듯이 사방으로 소용돌이치더니 속도는 전혀 줄이지 않은 채, 뒤섞인 무리에서 한 마리씩 차례로 벗어나 바다 쪽으로 급강하한다. 몇 초 뒤, 갈매기 떼는 바야흐로 물 위에 다시 모여, 우리 등 뒤에 시끄러운 가금사육장을 만들고 오목한 물이랑에 둥지를 틀고 음식 찌꺼기 진수성

찬을 유유히 뜯어 먹는다.

정오에, 귀가 먹먹할 정도로 후려치는 태양 아래서 바다는 기진맥진, 가까스로 몸을 쳐든다. 다시 그 몸이 주저앉을 때는 침묵이 휘파람 소리를 낸다. 한 시간 동안 끓고 나자 뿌옇게 바랜 물이 하얗게 달군 거대한 함석판처럼 지글거린다. 물은 지글거리고, 연기를 뿜고, 마침내는 타오른다. 잠시 후에는 몸을 뒤집어 지금은 파도와 암흑 속에 잠겨있는 젖은 쪽 얼굴을 태양에 바칠 것이다.

우리는 헤라클레스 문*들을, 안타이오스가 죽은 땅끝을 지난다. 그 너머는 도처에 대양, 우리는 한 번 잡은 항정航程으로 케이프혼과 희망봉을 지나니, 자오선이 위도와 합쳐지고 태평양이 대서양을 마셔버린다. 곧 뱃머리를 밴쿠버 쪽으로 향한 채 우리는 남쪽 바다를 향해 천천히 파고든다. 어느 정도 떨어진 거리에 이스터섬, 데졸라시옹섬, 헤브리디스 제도가 선단

* 모로코와 이베리아반도 사이 좁은 해협의 남과 북에 솟은 두 개의 바위산을 '헤라클레스의 문'이라고 한다. 지구가 평면이라고 믿었던 시절 '세상의 끝'이라고 여겼던 곳이다. 이 문을 지나 더 이상 나아가면 지옥으로 추락한다고 믿었다. 힘이 세기로 유명한 안타이오스도 결국 헤라클레스에게 살해당한다.

을 이루듯 우리들의 앞으로 줄지어 지나간다. 어느 날 아침 갑자기 갈매기 떼가 종적을 감춘다. 우리는 모든 뭍에서 멀리 떨어진 채, 우리의 돛대들과 기계들과 함께 외롭게 남는다.

또 수평선과 함께 외톨이가 된 우리. 파도는 하나하나, 참을성 있게, 눈에 보이지 않는 동쪽에서 온다. 우리 있는 데까지 왔다가는 또 참을성 있게 미지의 서쪽으로 하나하나 다시 떠나간다. 시작도 없고 끝도 없는 기나긴 전진…. 시냇물과 강물은 지나가지만 바다는 지나가고도 머문다. 바로 이렇게 일편단심으로, 덧없이, 사랑해야 하리라. 나는 바다와 결혼한다.

가득 찬 물. 해가 내려와 수평선 훨씬 앞에서 안개에 빨려 들어간다. 짧은 한순간 바다가 한쪽은 장밋빛, 다른 쪽은 파란색이다. 이어 물빛이 짙어진다. 조그만 스쿠너 범선이 한 척 두껍고 빛이 바랜 금속의 이 완벽한 원의 표면 위로 미끄러진다. 그리고 가장 크낙한 평정의 시간, 다가오는 석양 속에서 수백 마리의 돌고래가 물에서 솟아올라 우리 주위에서 맴돌더니 사람이 없는 수평선 쪽으로 달아난다. 그것들이 떠나고 나자 원초적 물의 침묵과 불안.

다시 얼마 더 지나 회귀선 상에서 빙산과 조우. 이 따뜻한 물속을 오랫동안 여행하고 나면 아마 눈에는 보이지 않겠지만 효과는 확실하다. 빙산이 우현을 스칠 때는 돛대 밧줄이 잠시 서리 이슬에 덮이는데, 반대로 좌현에서는 메마른 한나절이 저문다.

밤은 바다 위로 내리지 않는다. 이미 물속에 잠긴 해가 빽빽한 재를 뿌려 차츰 어두워지는 물의 밑바닥으로부터 오히려 밤이 아직 희뿌연 하늘 쪽으로 올라온다. 짧은 한순간, 금성이 검은 물결 저 위에 외로이 남아 있다. 눈을 감았다가 다시 뜨는 사이 별들이 액체의 밤 속에 넘치도록 돋아난다.

달이 떴다. 처음에는 수면을 희미하게 밝히더니 더 높이 솟아올라 부드러운 물 위에 글씨를 쓴다. 마침내 하늘 꼭대기에 이르러 풍성한 은하수 같은 바다의 회랑 전체를 비추고 은하수의 강물은 배의 움직임과 더불어 우리 쪽으로, 어두운 대양 속으로 무진장 흘러내린다. 포근한 밤, 신선한 밤, 내가 요란스러운 빛 속에서, 알코올과 욕망의 소용돌이 속에서 애타게 불렀던 밤이다.

하도 드넓어 가도 가도 끝이 없을 것 같은 공간 위에서 우리는 항해한다. 해와 달이 빛과 어둠으로 엮은 같은 실을 타고 교대로 뜨고 진다. 바다에서의 나날은 모두가 다 닮은 꼴이다, 행복처럼.

스티븐슨이 말하듯, 우리의 삶은 망각에도 소질이 없고 추억에도 소질이 없다.

새벽. 우리는 북회귀선을 수직으로 자르며 지나고 물은 신음소리를 내며 경련한다. 강철 조각들로 뒤덮인 물결 높은 바다 위에 해가 뜬다. 하늘은 안개와 열기로 하얗고, 천구의 전 공간에 걸쳐 태양이 두꺼운 구름 속에서 녹아 물이 된 것처럼, 보이지는 않지만 견디기 어려운 광채를 발한다. 분해된 바다 위의 병든 하늘. 시간이 갈수록 열기는 납빛의 대기 속에서 더해만 간다. 온종일 뱃머리에서는 구름 떼 같은 비어들과 쇳조각 같은 작은 새들이 파도의 덤불 밖으로 튀어나온다.

오후에 우리는 도시들 쪽으로 거슬러 올라가는 어떤 상선 한 척과 엇갈린다. 우리의 기적이 선사시대 동물이 요란하게 포효하는 것 같은 세 번의 기적 소리로 교환하는 인사, 바다에서 길을 잃었다가 다른 인간들을 만나 정신이 번쩍 든 선객들의 신호, 차츰 늘어나는 두 선박 사이의 거리, 험악한 물 위에서의 작별, 이 모두가 가슴이 미어지게 한다. 널빤지 몇 장에 매달린 채, 떠도는 섬들을 찾아 망망대해의 갈기 위에 던져진 이 막무가내의 광인들, 고독과 바다를 소중히 여기는 사람이라면 그 누군들 그들을 사랑하지 않을 수 있겠는가?

대서양의 정중앙, 우리는 끝에서 끝으로 한정 없이 불어대는 광풍에 굴복한다. 우리가 내지르는 비명들 하나하나는 가 없는 공간 속으로 날아가 사라져버린다. 그러나 그 비명은 하루, 또 하루, 바람을 타고 마침내 육지의 평탄한 어느 한끝에 가 닿아, 어딘가에서 길을 잃고 눈 덮인 제 조개껍데기 속에 틀어박힌 한 인간이 그 소리를 듣고 솔깃해 미소 짓고 싶어질 때까지. 빙벽을 때리며 오래오래 반향할 것이다.

나는 2시의 태양 아래서 반쯤 잠이 들었다가 끔찍한 소리에 깨어났다. 바다 밑바닥에 해가 보였고 파도는 출렁거리는 하늘을 뒤덮고 있었다. 돌연 바다가 불타오르고 태양이 천천히, 싸늘한 한 모금씩, 내 목구멍으로 흘러들었다. 내 주변에서 뱃사람들이 웃고 울었다. 그들은 서로 사랑했지만 서로를 용서할 수 없었다. 그날, 나는 세계의 실상을 알아차렸다. 나는 세계의 선은 동시에 해로울 수 있으며 큰 죄들이 유익할 수도 있다는 것을 인정하기로 마음먹었다. 그날, 나는 세상에는 두 가지 진실이 있다는 것을, 그중 하나는 절대로 입 밖에 내어서는 안 된다는 것을 깨달았다.

약간 이지러진 야릇한 남반구의 달이 몇 밤이나 우리를 따라오더니 하늘에서 빠르게 물속으로 미끄러져 빨려 들어갔다. 이제 남은 것은 남십자성, 성긴 별들, 잔구멍이 많은 공기. 동시에 바람이 완전히 잦아든다. 하늘은 미동도 않는 돛대 저 위에서 구르며 흔들린다. 엔진을 끄고 돛도 내린 채 우리가 더운 밤의 어둠 속에서 휘파람을 부는 동안 물이 배 옆구리에 와서 다정스럽게 철썩인다. 명령을 내리지 않아도 배의 기관들은 잠잠하다. 사실, 무엇 때문에 좇아가고 무엇 때문에 되돌아오는가? 우리는 더할 나위 없는 만족. 어떤 말이 없는 광기가 막무가내로 우리를 잠재운다. 이리하여 만사형통의 날이 온다. 그러면 기력이 소진될 때까지 헤엄치는 사람들처럼 그저 흘러가도록 버려둬야 한다. 무엇을 성취한단 말인가? 오래전부터 나는 스스로에게 그걸 입 다물고 말하지 않았다. 오, 쓰디쓴 침상이여, 왕의 잠자리여, 왕관은 물속 저 밑바닥에 있다!

아침에 우리 배의 스크류가 미지근한 물에 가만가만 거품을 일으킨다. 우리는 다시 속력을 낸다. 정오 무렵, 먼 대륙들에서 온 사슴 떼가 우리 곁을 지나 앞질러 가더니 북쪽을 향해 꾸준히 헤엄쳐 가고 그 뒤로 다양한 색깔의 새들이 따른다. 새들은 가끔 사슴뿔들의 숲에 내려앉아 쉰다. 그 떠들썩한 숲이 차츰 수평선 너머로 사라진다. 잠시 후 바다는 이상한 노란 꽃들로 뒤덮인다. 저녁 무렵, 눈에는 안 보이는 어떤 노랫소리가 오랜 시간 동안 우리에 앞장서 나아간다. 나는 편안해져서 잠이 든다.

깔끔한 미풍에 모든 돛을 내맡긴 채 우리는 투명한 근육질의 바다 위로 내달린다. 속력이 최고조에 이를 때 키의 손잡이를 좌현으로. 그렇게 날이 저물 무렵, 다시 항로를 바로잡아 돛이 수면을 스칠 만큼 배를 우현으로 기울인 채 우리는 전속력으로 남반구 대륙을 끼고 달린다. 전에 나는 비행기라는 야만적인 관에 갇힌 장님이 되어 그 위를 날아본 적이 있었기에 이 대륙을 알아볼 수 있다. 그때 나는 게으른 왕이었고 내가 탄 수레는 슬슬 기어가고 있었다. 나는 바다를 기다렸지만 도무지 바다에가 닿을 수가 없었다. 괴물은 울부짖으며 페루의 구아노 덩어리에서 이륙해 태평양의 해변들 위로 달려들었고 안데스산맥의 으깨진 허연 척추뼈들 위를 지나 파리떼 자욱한 아르헨티나의 광대한 평원 위로 날았다. 그러고는 단 한 번의 날갯짓으로, 우유가 넘치는 우루과이의 목장들을 베네수엘라의 검은 강들에 이어 붙이고는 착륙했고 다시 울부짖으며 또 먹어치울 새로운 빈 곳들이 눈앞에 보이자 탐욕을 이기지 못해 몸을 부르르 떨었다. 그러면서도 앞으로 나아가지 않기로는 여전히 마찬가지, 아니 적어도 경련하며 집요할 만큼 느리게, 사납고 고정되고 중독된 에너지로만 나아가기로는 마찬가지였다. 그때 나는 금속 감방에 갇혀 죽어가면서 살육과 한판 통음난무의 몸부림을 꿈꾸고 있었다. 공간이 없으면 순수도 없고 자유도 없다! 숨쉴 수 없는 사람에게 감옥은 죽음이거나 광기다. 거기서 죽이거나 소유하는 것 말고 또 무엇을 하겠는가? 오늘 나는 그와 반대로 나는 목구멍 가득 숨결이 넘치고, 우리의 모든 날개가 푸른 하늘에서 퍼덕인다. 나는 속력을 내라고 소리치련다. 우리는 육분의도 나침반도 다 물속에 던져버린다.

억제할 수 없는 바람 아래서 우리의 돛은 강철이다. 해변이 우리 눈앞에서 전속력으로 표류한다. 도도한 코코넛 나무숲은 에메랄드빛 석호에 발을 적시고 있고 고요한 내포에는 빨간 돛을 단 배들이 가득 들어차 있다. 달빛 같은 모래사장. 큰 빌딩들이 불쑥 나타나지만 뒷마당에서 시작되는 처녀림의 기세에 벌써 곳곳이 깨져 보인다. 여기저기, 노란 열대 식물이나 어떤 나무의 보라색 가지들이 창문을 부순다. 마침내 리우데자네이루가 우리들 뒤에서 무너진다. 도시가 무너져 새로 생긴 폐허들은 식물들로 뒤덮이고 그 속에서 치주카 원숭이들이 낄낄대며 돌아다닐 것이다. 더욱더 빨리 파도가 모래다발들이 되어 분출하는 거대한 해안들이 지나간다. 그보다 더 빨리, 우루과이의 양 떼가 바다로 들어가더니 단번에 바다가 누렇게 변한다. 이윽고 아르헨티나 해안에서는 거칠게 쌓아 올린 거대한 장작더미들이 일정한 간격을 두고 하늘로 솟아오르고 그 속에서 반 마리짜리 소고기구이가 서서히 익는다. 밤에는 티에라델푸에고에서 떠내려온 빙하 덩어리들이 몇 시간 동안 우리 배의 선체를 두들기지만 배는 거의 속력을 늦추는 법도 없이 방향을 돌린다. 아침이 되자 태평양 유일의 파도가 칠레 해안 수천 킬로미터에 걸쳐 그 초록색 흰색의 차가운 용액을 부글부글 끓이면서 천천히 우리를 밀어 올려 침몰시켜 버릴 듯이 위협한다. 조타수가 그 파도를 피해 케르겔렌 제도를 돌아 지나간다. 감미로운 저녁에 첫 말레이시아 배들이 우리 쪽으로 다가온다.

"바다로! 바다로!" 내가 어렸을 때 읽은 책에서 그 놀라운 소년들은 외치고 있었다. 그 책에 대한 것은 다 잊어버렸다. 하지만 그 외침만은 예외다. "바다로!" 그래서 인도양을 거쳐, 불덩어리처럼 달아올랐다가 얼어붙는 사막의 돌들이 적막한 밤에 하나씩 쩍쩍 갈라지며 소리를 내는 홍해의 대로에 이르기까지, 우리는 그 외침들이 잠잠해지는 고대의 바다로 되돌아온다.

어느 날 아침 마침내 우리는 기이한 침묵이 가득하고 고정된 돛들이 항로표지처럼 늘어선 어느 만에 기항한다. 오직 몇 마리 바닷새들만이 하늘에서 갈대 부스러기들을 놓고 다툰다. 우리는 헤엄을 쳐서 인적 없는 어느 해변으로 돌아온다. 하루 종일 우리는 물에 들어갔다가 다시 모래밭으로 나와 몸을 말린다. 저녁이 되어 초록빛으로 변하며 물러나는 하늘 아래 그렇게도 고요하던 바다가 더욱 고즈넉해진다. 짧은 파도들이 미지근한 모래톱으로 거품 증기를 내뿜는다. 오직 하나의 공간만이 남아 있다. 부동不動의 여행에 필요한 공간이다.

부드러움이 오래도록 이어지는 어떤 밤에는, 그렇다, 우리가 죽은 뒤에도 그런 밤들이 땅과 바다 위로 다시 돌아오리라는 사실을 알고 있으면 죽는 데 도움이 된다. 언제나 파도가 갈아엎는 늘 순결한 큰 바다여, 밤과 함께 나의 종교인 바다여! 바다는 우리를 씻어주고, 그 척박한 밭고랑에서 우리를 배불리 먹여주고 우리를 해방하며 우리를 바로 세워준다. 하나의 파도마다 하나의 약속. 늘 똑같은 약속. 파도가 뭐라고 말하는가? 만일 내가 추운 신들에 둘러싸여 세상 모르게, 내 핏줄들에게 버림받은 채, 마침내 기진하여 죽어야 한다면, 그 마지막 순간에 바다가 내 세포를 가득 채우고 나를 넘어서 떠받쳐 원한 없이 죽도록 도울 것이다.

자정의 해변에 홀로. 더 기다릴 것, 그리고 떠나리라. 하늘 자체가 저의 모든 별과 더불어 멎어 있다. 마치 바로 이 시간, 세상의 모든 항구에서 상선들이 조명등을 가득 달고 어두운 물을 비추며 멈춰 있듯이. 공간과 침묵이 똑같은 무게로 가슴을 누른다. 어떤 갑작스러운 사랑, 위대한 작품, 결정적인 행위, 혁신적 사상은 어떤 순간 거역할 수 없는 매혹과 더불어 바로 이와 같은 견딜 수 없는 불안을 안겨준다. 존재의 감미로운 고뇌, 그 이름 모를 위험이 가까웠다는 미묘한 느낌, 그렇다면 산다는 것은 스스로의 무덤을 향해 달려가는 것인가? 다시, 쉼 없이, 우리의 무덤을 향해 달려가자.

나는 언제나 난바다에서, 위협받으며, 당당한 행복의 한복판에 살고 있는 느낌이었다.

(1953)

# 해설

## 《결혼》에 대하여

"자연과 바다의 저 위대한 무분별의 사랑", "폐허와 봄의 결혼", "그토록 오래전부터 땅과 바다가 입술과 입술을 마주하고 열망하던 포옹", "이 세계와의 결혼 하룻날의 나른한 행복" —"인간과 대지의 결혼"—"인간과 대지의 저 연인 사이와도 같은 공감", "대지와 아름다움의 축제로 들어가는 인간의 기쁨"— 《결혼》의 노래는 여러 가지 원소들의 결합을 기리는 교향곡을 배경으로 하여 인간과 자연의 결혼 축가를 부각하고 있다.

사랑으로 맺어진 결혼인 동시에 이성으로 맺어진 결혼이다. 이 세계의 밖에는 아무것도 존재하지 않으므로 이 덧없는 행복에 정당성을 부여해주는 것은 바로 죽어 없어지게 마련이라는 운명의 억압을 느끼면서도 유지하는 명징한 정신이다. 명징성lucidité이 《결혼》에서는 열쇠가 되는 말이며 부적과도 같다. 그것에 힘입어 축제는 구도求道로, 공감은 인식으로, 관능은 의지로 심화한다. "슈누아산의 저 단단한 등줄기를 가만히 바라보고 있노라면 나의 가슴은 어떤 이상한 확신으로 차분히 가라앉는 것이었다. 나는 숨 쉬는 방법을 배우고 정신을 가다듬어 자신을 완성해가는 것이었다." "이것을 정복하기 위해 나의 힘과 능력을 모두 바쳐야 한다." "그네들의 모든 처세술 따위에 못지않은 저 어려운 삶의 지혜를 참을성 있게 깨우쳐가면 되는 것이다." — "그렇다. 나는 현존한다." "저 끔찍한 공포와 침묵 사이에서 어떤 희망 없는 죽음을 의식하고 있는 확신을 말해줄 정확한 단어를 발견할 수 있는 곳은 바로 이곳이라는 생각이 든다." "내 명징한 의식을 극한에까지 밀고 나가서 나의 모든 아낌없는 질투와 공포와 더불어 나의 종말을 응시하고 싶다." 텍스트 전편에 걸쳐서 하나의 경험을 요약하고 하나의 교훈을 규정하는 공식들이 속출한다. 그리하여 마침내는 결혼행진과 장례행진이라는 두 가지 테마가 지닌 동음조同音調를 짚어 보이는 마지막 공식. "오래오래 지속되고자 하는 욕망과 반드시 죽어 없어지게 마련인 자신의 운명이라는 이중의 의식 이외에 인간을 그의 삶에 이어주는 더 온당한 통일이 또 어디 있겠는가?"

바다와 태양의 환희, 가난과 병의 교훈 등 카뮈의 감동은 끊임없이 그의 경험들로부터 생겨난다. 그렇지만 그가 문화에서 얻은 지혜는 그로 하여금 그 넘치도록 많은 것들 가운데서 선택하도록 만든다. 그가 지드를 본받아 순간의 맛 속에서 쾌락의 만족을 구할 경우에도 '욕망을 억제함으로써 그 욕망을 더욱 예민하게 만들라'고 하는 나타나엘에게의 권유에 대해서는 반대한다. 인색함이나 마찬가지로 이것은 의식儀式의 반反자연적인 지나침이라는 것이다. 그는 몽테를랑에게서 알제리에 대한 능란한 크로키들의 신랄하면서도 다감한 맛을 음미한다. 그는 《욕망의 샘》, 《무용한 봉사》를 쓴 그 작가처럼 안락에 대한 증오와 쾌락에의 열광을 영웅적인 스타일로 승격시킨다. 그렇지만 그는 인생을 거는 어려운 도박에서 몽테를랑처럼 용케 궁지를 빠져나오는 식은 좋아하지 않는다. 니체에 대한 그의 빚은 광범하고 다양하지만, 특히 그 대상은 대지에 대한 변함 없는 충실성이다. 이것은 신이 죽고 난 후 차라투스트라의 복음의 바탕을 이룬다. "오 우리들 앞에 놓인 대지여! 해방과 영교靈交의 땅이여! 우리의 프로메테우스적 노력에 약속된 땅이여! 이는 이제부터 우리들에게 너의 아름다움이니, 너의 위에는 우리에게 멍에 씌울 하늘이 없고 우리의 비상을 막을 영원한 법칙이 없나니, 너의 위에 해가 떠오르리라. 역사의 종말을 고하는 화해의 해가, 인간과 자연이 결혼식을 올리는 그날이."

그러나 카뮈는 영원회귀의 묵시록과 초인에 대한 비인간적 숭배는 거부한다. 카뮈는 1959년 《섬》에 부친 서문에서 장 그르니에가 자기에게 끼친 영향을 인정했다. 그러나 스승이 한 말을 옮겨 적은 대목이 어디인지 여기서 정확하게 지적하지는 못하겠지만, 카뮈가 사실과 생각, 그리고 이미지와 리듬들을 길어낸 스승의 글들은 얼마나 많은가! 그르니에가 지중해 지역 사람들의 소명을 분석하면서 (《리바주Rivages》의 소개말에서 볼 수 있는 바와 같은 표현으로) 복음서의 잠언, 즉 '결혼식은 준비가 되었다. 그러나 초대받은 사람들이 그만한 자격이 없도다. 사거리로 나가 그곳으로 올 모든 사람을 결혼식에 오라고 부르라'(마태복음, 22장 1~14절)를 인용할 때 그는 카뮈의 관능적 몽상에 윤리적 방향성의 힌트를 준 것이다. 뤼베롱산맥을 앞에 두고 쓴 명상(〈루르마랭의 예지〉. 후에 〈들풀〉로 제목을 바꿈)은 그의 제자에게 인간의 절도에 관해서 설파한다. 그의 목소리에 자극받아 티파자의 자연과 과거 사이의 신비스러운 대화나 제밀라의 바람의 광란하는 대목들이 생명을 얻게 된다(〈산타크루스와 기타 아프리카 풍경〉). 카뮈는 그르니에의 글모음인 《지중해의 영감靈感》을 잊지 못할 것이다.

《결혼》을 구성하는 텍스트들을 카뮈는 언제 집필하고 언제 발간했는가?

1945년 판에서 책머리에 붙인 〈편집자의 말〉에서 다음과 같은 말을 읽을 수 있다. "이 초기 에세이들은 1936년에서 1937년 사이에 쓴 것으로 그 후 적은 부수의 한정판이 1938년 알제에서 간행되었다." 1936년에 이미 그 윤곽이 잡혔던 몇 가지 생각들이 여기에 포함되어 있긴 하지만 실제로 이 글들은 1937년과 1938년에 집필되었다. 단행본 발간으로 말하자면

《리바주》의 두 개 호('협력극장'의 공연이 3월 31일과 4월 2일에 있을 예정이라고 예고하는 것으로 보아 둘 다 1939년 초에 배부된)는 그 단행본이 샤를로 출판사에서 '나올 예정'이라고 알리고 있다. 그 잡지의 제2호(마지막 호)는 〈알제의 여름〉을 발췌해 싣고 있으며 《미트라Mithra》는 1~2월호에 〈제밀라의 바람〉 첫 부분을 싣고 있다. 마침내 단행본은 1939년 5월 23일에 나왔다.

이렇게 지적하고 보면 독자들은 1945년에 붙인 〈편집자의 말〉의 신빙성에 의문을 품게 된다. 카뮈가 오랫동안 《안과 겉》이 재판을 내기엔 너무나 불완전하다고 생각했다는 사실(1958년 판의 서문)을 아는지라 독자는 이 책에 관한 언급이 전혀 없는 것으로 보아 《결혼》이 으뜸가는 자리를 차지한다는 것을 인정한다. 반면, 이 수필집에 관련된 연도가 약간 앞당겨진 까닭은 이해하기가 쉽지 않다.

과연 《안과 겉》과 《결혼》 사이의 실질적인 간격이 1년이 아니라 2년이라는 사실은 주목할 만하다. 이런 시간적인 차이가 어조의 차이를 설명해준다. 1935년에서 1939년 사이의 시기를 놓고 볼 때 우리는 카뮈의 생애상의 두 가지 국면을 분간할 수 있는데, 그 둘을 이어주는 고리는 《결혼》이 태어난 기후적 환경을 갖춘 1937년 중반경이다. 그 시기의 전반기는 정치적으로, 대학 쪽 진로 면으로, 부부생활의 면으로 갖가지 실망의 연속이다. 후반기에는 물질적, 정신적 독립을 기어코 얻어내고 작가로서의 실질적인 직업을 실천에 옮기며 어떤 철학적 세계관을 따져가면서 적용하게 된다. 그렇게 《안과 겉》이 우리의 몫을 비참과 고독이라고 말할 때, 《결혼》은 우리가 비탄의 세계 속에서도 '존재한다'는 사실이 우리의 지극히 단순한 기쁨에도 비견할 수 없는 보상의 위력을 부여한다고 응수한다. 〈티파자에서의 결혼〉과 〈제밀라의 바람〉은 꿈인가 싶은 감각들과의 접촉에서 의식이 날카로워지는 특이한 장소들과 순간들을 묘사하고 있으며, 편견, 습관, 추상에서 벗어나 고통스러운 동시에 관능적인 계시를 통하여 삶은 그 나름의 진실과 값이 있음을 발견해낸다. 〈알제의 여름〉은 죽음에 오불관언이 됨으로써 신화들에의 예속에서 벗어날 수 있는 어떤 전형적인 인간 집단의 형태를 그려 보인다. 〈사막〉은 충만함으로 인도하는 여러 가지 길들이 역설적으로 서로 만난다는 것을 보여준다. 즉 풍요와 헐벗음은 서로 만나는 것이다. 그리고 이 글은 또 영원한 가운데 저의 찬란함을 과시하는 풍경을 앞에 둔 인간이 자신의 덧없음 속에서 스스로의 위대함을 긍정할 가능성을 보여준다. 이 이야기 저 이야기에서 《결혼》은 신에게 의존하는 것이 죄스러운 환상이라는 사실을 폭로하고, 필연적으로 죽게 마련인 운명에 대한 명철한 동의라는 바탕 위에 우리의 하나밖에 없는 기회와 으뜸가는 의무를 설정한다.

루이 포콩

# 해설

## 《여름》에 대하여

카뮈는 《여름》을 '태양의' 에세이 전통 속에 위치시키고자 했다. 그 에세이들은 어느 의미에서 천진무구에의 소명을 상기시켜준다. '정오의 사상'의 결실인 이 글들은 《반항하는 인간》을 연장하고 그것과 균형 관계를 유지한다. 왜냐하면 사르트르와의 고통스러운 논쟁을 치르고 난 후 이 글들은 유머와 아이러니에도 한몫을 할당하고 있으니 말이다.

《여름》은 특히 지중해와 관련된 텍스트들이다. 오랑과 알제는 〈미노타우로스 또는 오랑에서 잠시〉, 〈과거가 없는 도시들을 위한 간단한 안내〉의 주인공 역할을 맡고 있다. 〈아몬드나무들〉은 전쟁이 한창인 시절의 콩쉴 계곡으로 우리를 인도한다. 〈헬레네의 추방〉은 암시적 간과법을 통해서 그리스를 노래하고 〈티파자에 돌아오다〉는 폐허를 둘러싸고 있는 상징적인 철조망이 있긴 하지만 우리를 《결혼》의 아름답던 시절로 다시 데려가준다. 〈가장 가까운 바다〉로 말하자면, 열에 들뜬 듯한 시적 문체로, 카뮈가 항상 몸담고 살고 싶어 했던 어떤 환경을 재구성시켜준다. 이 텍스트들 하나하나는 결국 카뮈의 생각으로, 예술가와 모럴리스트를 하나가 되게 해주는 신화의 기법에 충실하고 있다.

시간적인 측면에서 볼 때 이 글들은 각기 다른 시기에 쓰였기 때문에 어떤 공통성을 갖기는 어려웠다. 1939년에 쓰기 시작한 〈미노타우로스 또는 오랑에서 잠시〉는 역사를 완전히 관심 밖으로 하고 있는 데 비하여, 〈아몬드나무들〉은 패전 직후 역사에다가 그에 걸맞은 중요성을 회복시켜주려고 노력한다. 〈명부의 프로메테우스〉는 수십 년 이래 유럽이 빠져들어 몸부림치고 있는 폭력의 문제를 거론함으로써 어느 면에서 《반항하는 인간》을 예고한다고 볼 수 있다. 《정의의 사람들》을 쓰고 있을 때 카뮈는 알제리 여행을 하는 기회에 〈알제의 여름〉에서 본 자연의 쾌락을 다시 맛보는 기분 전환을 해보고자 했는데, 그 결실이 〈과거가 없는 도시들을 위한 간단한 안내〉다. 〈헬레네의 추방〉은 해묵은 하나의 꿈, 즉 아주 뒤늦게야 성취한 그리스 여행의 꿈을 다시 다루면서 학위논문에서 거론했던 문제들, 특히 기독교와 헬레니즘의 관계와 연결한다. 〈수수께끼〉는 기삿거리 찾기에 혈안이 된 신문기자들의 지칠 줄 모르는, 그러나 한 번도 속 시원하게 만족시켜주지 못한 질문에 답하고 있다. 즉 그는 자기를 에워싸고 있는 갖가지 신화들을 깨뜨리고자 공격하지만 별로 큰 성과를 기대하지는 않는다. 〈티파자에 돌아오다〉는 《반항하는 인간》을 에워싼 그 고달픈 모험 직후에 자신의 원천으로 찾아가는 순례여행과도 같은 것이지만 비교적 실망이 크다. 끝으로 〈가장 가까운 바다〉는 북아메리카와 남아메리카 여행을 열에 뜬 상태로 상기한다.

로제 키요

## 작가 연보

**1913년**

-11월 7일, 알제에서 동쪽으로 195킬로미터 떨어진 몽도비에서 포도원 관리로 일하는 아버지 뤼시앵 카뮈와 그의 아내 카트란 사이에서 출생한다.

**1914년**

-독일이 프랑스에 선전 포고(제1차 세계대전)를 하고 아버지 카뮈는 알제리 원주민 보병으로 징집당해 프랑스 본토에 투입된다. 어머니는 남편이 입대하자 두 아들과 함께 알제의 동쪽 연병장 거리에 있는 리옹가 17번지 친정으로 이주한다. 카뮈 부인은 친정 어머니 생테스 부인 밑에서 동생 에티엔 및 조제프와 함께 가난한 생활을 한다.

-10월 마른 전투에서 부상당한 아버지 뤼시앵 카뮈가 사망한

다. 문맹인 어머니는 빈약한 종신 연금을 받으며 가정부로 일해 집안 살림을 꾸려나간다.

**1921년**

-카트린 카뮈와 그의 가족은 리옹가 17번지에서 93번지로 이사한다(시내에서 떨어져 있어 집세가 저렴하기 때문이다). 권위적이면서 희극적인 외할머니가 생테스가 회초리를 들고 집안의 질서를 잡는다. 그녀의 딸이자 카뮈의 어머니인 카트린은 말수가 적고 사고 능력이 온전치 못하다. 카뮈는 산문집 《안과 겉》에서 오직 말 없는 눈길로 애정을 표시할 뿐인 어머니의 침묵을 감동적으로 증언한다.

**1923년**

-동네 공립학교에서 카뮈는 2학년 담임인 교사 루이 제르맹의 눈에 들어 무료 개인 교습을 받으며 중고등부 장학생 시험을 준비한다. 그는 일생 동안 이 스승에 대한 감사의 마음을 잊지 않았고, 1957년 12월 노벨문학상 수상 기념 연설인 〈스웨덴 연설〉을 스승에게 헌정했다.

**1924년**

-카뮈의 첫 영성체. 장학생으로 선발된 그는 알제의 그랑 리세에 입학한다.

**1925년~1928년**

-고등학교 친구들과 어울리면서 그는 자기 집의 가난을 더욱 뚜렷하게 의식한다. 훗날 그는 이 점을 수치스럽게 생각했다고 고백한다. 학생 대부분이 백인으로 아랍인은 드물었다. 그러나 축구 덕분에 아랍인 친구들과 어울리면서 같은 팀의 우정을 맛 볼 기회를 얻었다. 여름이면 그는 알제 중심가 철물점의 점원, 해변 대로변 선박회사의 사원으로 일하며 생활비를 보탠다.

**1929년**

-알제의 번화가인 미슐레 거리 근처에 사는 이모부 귀스타브 아코(앙투아네트 이모의 남편)는 놀라울 정도로 훌륭한 책들을 소장한 서재를 갖고 있었다. 카뮈는 그의 서재에서 처음으로 앙드레 지드를 발견한다.

**1930년**

-바칼로레아 시험 제1부에 합격하여 가을 학기에 철학반으로 진급한다. 철학 교사 장 그르니에가 그에게 결정적인 영향을 끼치게 된다.

**1932년**

-3월에 《쉬드》에 〈새로운 베를렌〉을, 5월에 〈제앙 릭튀스—

가난의 시인〉을, 6월에 〈세기의 철학〉(베르그송론)과 〈음악에 대한 시론〉을 발표한다. 바칼로레아 제2부에 합격한다. 장 그르니에의 권유로 앙드레 드 리쇼의 소설 《고통》을 읽는다. 《일기》를 읽고 지드를 더 잘 이해하게 된 그는 그 어떤 작가보다 지드를 높이 평가한다. 장 그르니에 덕분에 프루스트를 발견하고 프루스트는 그에게 '예술가'의 표상이 된다.

-10월, 그랑제콜 입시 준비반에 들어간다.

**1933년**

-독일에서 히틀러가 권력을 장악하자 카뮈는 반파시스트 운동 조직인 암스테르담-플레옐에서 활동을 시작한다.

-4월, 《안과 겉》에 수록될 산문 〈아이러니〉의 초고인 〈용기〉를 쓴다.

-5월, 장 그르니에가 짧은 에세이집 《섬》을 출판한다. 카뮈는 1959년 이 책의 신판에 서문을 쓴다.

-10월, 〈지중해〉와 〈사랑하는 존재의 상실〉을 쓴다. 〈죽은 여자 앞에서(보라! 그 여자는 죽었다…)〉, 〈신과 그의 영혼의 대화〉, 〈모순들(삶을 받아들이고…)〉, 〈가난한 동네의 병원(무스타파 병원에 입원했던 때의 기억)〉 등의 글도 이 무렵에 쓴 것으로 추정된다. 건강상의 이유로 고등사범학교 입시 준비, 즉 대학교수가 되는 꿈을 접고 알제 문과대학에서 수학하며 장 그르니에와 르네 푸아리에 교수의 강의를 수강한다.

**1934년**

-1~5월, 여러 미술 전시회 평을 《알제 에튀디앙》에 발표한다. 다시 폐가 감염된다.

-6월 16일, 스무 살의 매력적이고 바람기 있는 모르핀 중독자 시몬 이에와 결혼한다.

**1935년**

-《안과 겉》을 집필하면서 철학 학사 과정을 마친다.

-5월, 《작가수첩》을 쓰기 시작한다.

-6월, 철학 학사 학위를 취득한다.

-8월, 화물선을 타고 튀니지까지 가려고 했으나 건강 문제로 여행을 중단하고 돌아온 뒤 알제 서쪽으로 68킬로미터 떨어진 로마 유적지 티파자에서 사나흘을 보낸다. 이 장소를 기리는 글이 《결혼》의 첫 번째 산문 〈티파자에서의 결혼〉이다.

-8월 혹은 9월, 프레맹빌과 장 그르니에의 설득에 따라 공산당에 입당하여 이슬람교도 계층을 파고드는 선무 공작을 담당한다. 가을에는 친구들과 '노동극단'을 창단한다.

**1936년**

-5월, 논문 〈기독교적 형이상학과 신플라톤 철학: 플로티노스와 성아우구스티누스〉로 철학 고등 디플롬을 받는다.

-7월 17일, 스페인 내전 시작. 아내와 친구 이브 부르주아와

더불어 중부 유럽으로 여행을 떠나 인스브루크, 잘츠부르크에 이른다. 그곳에 우체국 유치 우편으로 도착한 편지를 열어보면서 아내 시몬에게 마약을 공급해주는 의사가 그녀의 정부라는 사실을 알게 된 카뮈는 그녀와 헤어지기로 결심한다. 여름 동안은 교직이나 언론계에서 새 일자리를 구할 계획을 세운다. 시몬과 헤어지는 것은 기정사실화되었으나 법적인 이혼은 1940년 2월에야 확정된다.

-11월, 라디오 알제 극단의 배우로 발탁된다.

**1937년**

-1월, 《작가수첩》에 '칼리굴라 혹은 죽음의 의미, 4막극'이라고 적는다.

-2월 8일, 카뮈가 주동하여 세운 알제 문화원에서 〈원주민 문화, 새로운 지중해 문화〉를 강연한다. '노동극단'이 3월에 아이스킬로스의 〈사슬에 묶인 프로메테우스〉와 벤 존슨의 〈에피코이네〉, 푸슈킨의 〈돈 후안〉을, 4월에 쿠르틀린의 〈아치 330〉을 무대에 올린다.

-4월, 군중집회에서 카뮈는 일정한 수의 알제리 이슬람교도들에게 프랑스 시민권을 부여하는 것을 골자로 하는 블룸-비올레트 법안을 지지한다.

-5월 10일, 《안과 겉》을 출간한다.

-8월, 《행복한 죽음》을 위한 구상 계획을 세운다.

-8~9월, 재발한 폐결핵 치료와 요양을 위해 알제를 떠난다. 파리, 마르세유를 거쳐 사부아, 오트잘프 지방, 뒤랑스강을 굽어보는 고산지대인 앙브렁에 체류한다. 그 후 이탈리아의 피사, 피렌체, 제노바, 피에솔레 등을 여행하고 알제리로 돌아와《행복한 죽음》 집필을 계속한다.
-10월, 오랑현에서 교사직을 제안받았으나 거절한다. 한편 공산당이 국제적 전략상 반식민주의 운동을 우선순위에서 제외하기 시작하자 카뮈는 공산당에서 탈당한다. 가을에 오랑 출신의 여성 프랑신 포르를 처음 만난다. '노동극단'을 해체하고 '에키프극단'을 조직한다.

**1938년**

-산문집《결혼》을 완성하고 희곡 〈칼리굴라〉를 위한 메모를 하는 한편《행복한 죽음》을 포기하지 않은 채 장차《이방인》에 활용될 단편적인 텍스트들을 작가수첩에 메모한다. 철학적 에세이를 집필할 계획으로 니체, 키르케고르, 멜빌의 작품들을 읽는다.
-5월, '에키프극단'이 도스토옙스키의《카라마조프가의 형제들》을 각색 상연하고 카뮈는 이반 카라마조프 역을 맡는다.《작가수첩》에 메모해둔 한 대목("양로원에서 노파가 죽다")이 훗날의《이방인》을 예고한다.
-10월, 폐결핵 후유증으로 인한 공직 부적격이라는 신체 검사

결과로 철학 교수 자격 시험에 응시하려던 계획이 좌절된다. 새로운 일간지 《알제 레퓌블리캥》의 편집기자로 활동하는 동시에 '독서살롱' 난에 문학 작품에 대한 일련의 서평들을 싣는다.

**1939년**

-3월, 알제를 방문한 앙드레 말로와 첫 만남을 갖는다.

-4월, 오랑을 여행하고, 1938년에 소량 한정판으로 출판한 《결혼》을 5월 알제 샤를로 출판사에서 정식 출간한다.

-7월 25일, 크리스티안 갈랭도에게 이제 막 〈칼리굴라〉를 탈고했고 《이방인》 집필을 시작할 것이라는 내용의 편지를 보낸다.

-9월 3일, 당국의 검열로 인해 《알제 레퓌블리캥》 발행을 중지하고 15일 자로 《수아르 레퓌블리캥》으로 제명을 바꾼다. 카뮈는 이 신문에 알제리의 정의와 스페인 공화파를 옹호하는 글들을 싣는다.

**1940년**

-1월, 《수아르 레퓌블리캥》이 발행 금지 처분을 받자 카뮈는 다시 오랑에 체류하며 철학 가정 교사로 생활한다.

-3월 14일, 알제리를 떠나 파리로 가서 파스칼 피아의 추천으로 《파리 수아르》 편집부에서 일한다.

-4월 5일, 〈모리스 바레스와 '후계자들'의 다툼〉을 《라 뤼미에르》에 발표한다.
-5월 1일, "이제 막 내 소설을 끝냈소…. 아마도 내 일은 다 끝난 것 같지 않소."(프랑신 포르에게 보낸 4월 30일 자 편지)는 아마도 《이방인》을 두고 한 말인 듯하다.
-6월 초, 독일군의 파리 점령이 임박하자 카뮈는 《파리 수아르》 편집부 사람들과 함께 클레르몽페랑으로, 보르도로, 다시 클레르몽페랑으로 피난을 간다. 12월 3일, 리옹에서 프랑신과 결혼, 《파리 수아르》의 감원에 따라 카뮈는 해고당한다.

**1941년**

-카뮈 부부는 오랑의 아르제브가에 있는, 포르 집안에서 빌려준 아파트에서 생활하며 물질적 어려움에 직면한다.
-2월 21일, 《시지프 신화》를 탈고 후 다음과 같이 메모한다. "세 가지 '부조리'를 끝내다."(《작가수첩》) 《이방인》의 원고를 읽은 장 그르니에가 그에게 미온적인 칭찬의 말을 전한다. 카뮈는 건강상의 이유로 기차 여행이 어려워 주저하지만 결국 알제로 간다. 파스칼 피아와 앙드레 말로는 《이방인》의 원고를 읽고 열광적인 반응을 보인다. 그들과 나중에는 장 폴랑 덕분에, 이 소설과 《시지프 신화》가 갈리마르 출판사 편집위원회의 손으로 넘어간다.
-7월, 전염병 장티푸스가 알제리, 특히 오랑 지역에 창궐하여

소설《페스트》의 창작에 부분적인 영향을 끼친다.

-11월 15일, 말로에게《이방인》을 읽어준 것에 대한 감사의 편지를 보낸다.

-11월, 갈리마르 출판사 편집위원회가 드디어《이방인》의 출판을 결정한다.

**1942년**

-《페스트》를 염두에 두고 멜빌의《모비 딕》을 다시 읽는다.

-1~2월,《작가수첩》에 "반항에 대한 에세이"를 쓰려는 계획이 등장하나, 2월에 폐결핵이 재발된다.

-5월 19일,《이방인》이 갈리마르 출판사에서 출간된다(인쇄는 4월 21일). 당시에는 '수인들' 혹은 '추방당한 사람들'이라는 제목이었던 소설《페스트》를 위해 메모를 한다.

-9~10월,《작가수첩》에 '가난한 어린 시절'에 대한 메모가 등장하는 이는《최초의 인간》의 몇몇 주제들을 예고한다.

-10월,《시지프 신화》가 갈리마르 출판사에서 출간된다(인쇄는 9월 22일). 검열을 염려하여 카뮈는 카프카와 관련된 장을 삭제하는데 이 부분은 1943년 여름 리옹에서 비밀로 출간된 잡지《아르발레트》에 별도로 발표되었다가 1945년판《시지프 신화》에 '보유'편으로 편입되었다.

**1943년**

-6월, 〈파리 떼〉 리허설 때 장폴 사르트르와 시몬 드 보부아르를 만난다.

-7월, 〈칼리굴라〉를 개작한다.

-10월, 갈리마르 출판사에 〈오해〉와 〈칼리굴라〉 원고를 보낸다. 비밀 지하 조직 '콩바combat'와 접촉한다.

-11월, 갈리마르 출판사의 출판편집위원에 임명된다. 카뮈는 전국 레지스탕스 위원회 책임자 클로드 부르데를 만나 비밀 지하 신문 《콩바》의 활동에 가담하게 되고 이듬해 초 신문 편집국의 주된 책임을 담당한다.

**1945년**

-9월 5일, 알베르와 프랑신 카뮈 사이에서 쌍둥이 남매인 딸 카트린과 아들 장이 태어난다.

**1946년**

-8월, 방데 지방에 가서 미셸 갈리마르의 어머니 집에 머물며 소설 《페스트》를 탈고한다.

-12월 1일, 부조리와 반항에 관계에 대한 성찰을 글로 쓴다. 이것은 《반항하는 인간》의 1장 초안이 된다. 카뮈 부부와 자녀들은 마침내 파리 제6구 세기에가 18번지 아파트의 세입자가 된다. 그러나 카뮈의 건강 때문에 1947년 초까지 가족은

이탈리아 국경 지방의 브리앙송에 체류한다.

**1947년**

-3월 17일, 파스칼 피아가 《콩바》에서 사임하면서 카뮈가 신문의 운영을 맡는다.

-6월 10일, 갈리마르 출판사에서 《페스트》를 출간한다(인쇄는 5월 24일). 이 책은 카뮈의 저서들 중 상업적으로 성공한 최초의 작품(7월에서 9월까지 9만 6000부 판매)으로 비평가상을 수상했다.

**1948년**

-2월 28일, 다비드 루세와 알트만이 주도해 민주혁명연합RDR을 창설한다.

-3월 초, 알제리 오랑에 머무는 가족과 합류한다.

**1949년**

-1월, 사르트르와 마찬가지로 카뮈 역시 RDR과 거리를 둔다.

-6월 30일, 마르세유에서 남아메리카로 출발하는 여객선에 승선하여 여러날 동안 순회 강연을 하게 된다. 남아메리카에서 체류하는 내내 카뮈는 신체적으로 고통스러운 나날을 보냈다. 그는 그것이 감기라고 여겼으나 프랑스에 돌아오자 자신의 폐가 심각하게 손상된 것을 확인하고 두 달 동안의 휴식과

치료를 강요받는다. 이 여행 동안 《정의의 사람들》을 마지막으로 수정한다.

**1950년**

-1월, 고산 요양을 위하여 알프마리팀 지방의 그라스 근처 카브리에 체류 후 서서히 건강이 호전된다.

-2월, 갈리마르 출판사에서 《정의의 사람들》이 출간된다.

**1951년**

-10월 18일, 갈리마르 출판사에서 《반항하는 인간》이 출간된다.

**1952년**

-5월, 가스통 라발이 《반항하는 인간》에 대해 쓴 글에 대한 회답을 《리베르테》에 발표한다. 사르트르로부터 카뮈의 《반항하는 인간》에 대한 서평을 의뢰받은 프랑시스 장송이 《레탕모데른》에 격렬하고 모욕적인 글을 발표한다.

-8월, 이에 카뮈는 《레탕모데른》에 프랑시스 장송이 아니라 이 잡지의 '발행인' 장폴 사르트르 앞으로 보내는 6월 30일 자 카뮈의 반론 편지를 발표한다. 사르트르가 그 편지에 회답함으로써 두 사람의 우정은 깨진다.

**1953년**

-갈리마르 출판사에서 《시사평론 2, 1948~1953년 연대기》를 출간한다. 이 해에 그는 도스토옙스키에 대한 메모를 계속하며 《악령》의 각색을 계획한다.

**1955년**

-1월 11일, 《페스트》를 분석한 글에 대해 롤랑 바르트에게 답하는 편지를 쓴다. 카뮈의 서문을 붙인 로제 마르탱 뒤 가르의 전집이 갈리마르 출판사의 플레이아드판으로 출간된다.

**1956년**

-5월, 갈리마르 출판사에서 《전락》이 출간된다.

**1957년**

-10월 16일, "오늘날 우리 인간 의식에 제기되는 여러 문제를 조명하는 중요한 문학 작품"이라는 선정 이유와 함께 노벨문학상 수상 소식을 접한다. 프랑스 작가로는 아홉 번째이며 최연소(마흔네 살)였다.

-12월, 연말과 그 이듬해 초에 걸쳐 심각한 불안 증세를 보인다.

**1958년**

-1월, 1957년 12월 10일의 연설과 14일의 강연을 한데 모은 《스웨덴 연설》(갈리마르)이 출간된다. '프랑스령 알제리'를 고수하는 사람들과 알제리 독립을 주장하는 사람들을 다 같이 멀리하면서 카뮈는 이제부터 일체의 공식적 입장 표명을 자제하고 알제리를 구성하는 두 공동체의 권리를 다 함께 보호하는 연방국가적 해결책의 희망에 매달린다.

**1959년**

-1월 30일, 도스토옙스키 원작, 카뮈 각색의 〈악령〉이 앙투안 극장에서 상연된다.

-11월 15일, 카뮈는 다시 루르마랭에 체류하며 《최초의 인간》의 집필에 열중한다.

**1960년**

-1월 3일, 미셸 갈리마르가 운전하는 자동차에 편승하여 루르마랭의 시골 집에서 파리로 출발. 미셸의 아내 자닌과 그녀의 딸 안이 동승했다. 프랑신 카뮈는 그 전날 기차를 타고 파리로 돌아갔다. 도중에 1박을 하고 1월 4일, 욘 지방 몽트로 근처 빌블르뱅에서 자동차 사고로 카뮈는 즉사하고 미셸 갈리마르는 닷새 뒤 사망한다.

-9월, 어머니 카트린 카뮈가 알제의 벨쿠르에 있는 자택에서

사망한다. 알베르 카뮈는 남프랑스 루르마랭 마을의 공동 묘지에 묻혔다. 후일 아내 프랑신 카뮈 역시 같은 묘지에 묻혔다.

## 옮긴이의 말(2024년)

1987년 책세상 〈알베르 카뮈 전집〉 번역 계획을 예고하며 처음으로 야심 차게 번역 소개했던 카뮈의 가장 아름다운 초기 산문집 《결혼·여름》을 완전히 새로 옮겼다. 사십 대에 처음 번역한 텍스트를 다시 원문과 하나하나 대조하면서 그 오랜 세월 동안에 변한 우리 말의 쓰임새와 아울러 역자 자신의 변화에 놀랐다.

새 번역은 기존 번역의 잘못된 곳, 부자연스러운 곳을 수정함은 물론 역문에 동원된 단어 수를 최대한 줄여 글의 간결함이 돋보이도록 했다. 그리고 고유명사에 있어 새로운 외래어 표기법에 따르도록 노력했고 독자의 이해를 돕기 위해 각주를 추가했다. 이로써 역자의 젊은 날의 무모함이 흘러간 시간과 함께 다소 지혜로운 세련을 거친 것으로 이해된다면 더 바랄 것이 없겠다.

2024년 김화영

# 옮긴이의 말(1987년)

1960년대에 처음—얼마나 가슴 뛰며!—읽었던 카뮈의 《결혼》과 《여름》을 완역했다. 지금은 시중에서 구할 수가 없는, 문조사文潮社에서 나온 '카뮈 전집'에서밖에는 이상하게도 우리말 완역이 나와 있지 않은 책이 또한 이 산문집이다. 이진구, 박은수, 이규헌 등 여러분의 번역이 두루 있지만 한결같이 부분 번역일 뿐 원서로 함께 묶인 《결혼·여름》의 완역 단행본은 의외로 이제 처음이다. 20대의 전율하는 카뮈의 빛나고도 어두운 감성이 번역을 극도로 어렵게 만들기 때문일 것이다. 《여름》의 번역은 박은수 교수의 훌륭한 모범을 많이 참고했다.

이 책의 중요성은 새삼스럽게 설명할 필요가 없다. 지드의 《지상의 양식》, 장 그르니에의 《섬》과 더불어 이 아름다운 책은 단연 20세기 프랑스의 시적 산문집의 3대 걸작 중 하나라고 서슴지 않고 말해도 좋다.

원본으로는 플레야드판 카뮈 전집 제1권《에세Essais》에 수록된〈결혼Noces〉,〈여름L'été〉를 쓰고 폴리오Folio판도 참고했다. 작가 연보는 역자가 펴낸《카뮈》끝에 붙인 키요의 것을 대폭 정정, 보완하여 다시 번역해놓았고 플레야드판 전집의 해설을 따로 번역해 붙였다.

1987년 여름

김화영

# 결혼·여름

초판 1쇄 발행 1987년 9월 15일
개정1판 1쇄 발행 1998년 2월 25일
개정2판 1쇄 발행 2024년 6월 5일
개정2판 3쇄 발행 2024년 8월 30일

**지은이** 알베르 카뮈
**옮긴이** 김화영

**펴낸이** 김준성
**펴낸곳** 책세상

**디자인** THISCOVER

**등록** 1975년 5월 21일 제2017-000226호
**주소** 서울시 마포구 동교로23길 27, 3층(03992)
**전화** 02-704-1251
**팩스** 02-719-1258
**이메일** editor@chaeksesang.com
**광고·제휴 문의** creator@chaeksesang.com
**홈페이지** chaeksesang.com
**페이스북** /chaeksesang **트위터** @chaeksesang
**인스타그램** @chaeksesang **네이버포스트** bkworldpub

ISBN 979-11-5931-782-8 04860
979-11-5931-936-5 (세트)

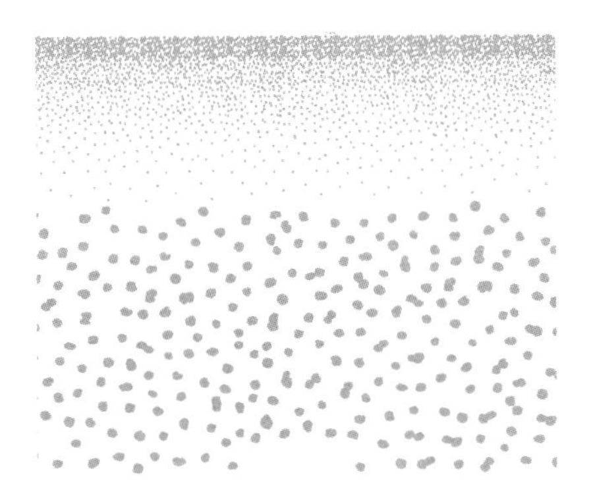